Die magische Insel
Der Verdacht des Pharao

THiLO

Die magische Insel

Der Verdacht des Pharao

Loewe

In diesem Buch werden dir einige merkwürdige Namen begegnen, unter anderem Ramses II. und Seti I.
Die Striche hinter den Namen sind römische Ziffern. II steht für 2 und I für 1. Vor Ramses **dem Zweiten**, denn so wird es ausgesprochen, gab es schon einen anderen, und Seti **dem Ersten** folgten später weitere auf den Thron.

Der Umwelt zuliebe ist dieses Buch
auf chlorfrei gebleichtem Papier gedruckt.

ISBN 978-3-7855-4349-8
1. Auflage 2007

Umschlag- und Innenillustration: Almud Kunert
Umschlaggestaltung: Andreas Henze
Printed in Germany (003)

www.loewe-verlag.de

Inhalt

Sonnen-Sonntag

Das war das Ende! Einar presste sich dicht an die Stadtmauer. Die kantigen Steine drückten sich scharf in seinen Rücken. Schmerz spürte er nicht. Aber eine rasende Angst machte sich in ihm breit. Die drei Ganoven bauten sich wie eine Wand vor ihm auf. Unter ihren weiten Umhängen kamen grobe Knüppel zum Vorschein. Einar versuchte, ihre Gesichter zu erkennen. Ihre breiten Hüte verdeckten sie vollständig. Wo Augen, Nase und Mund sein sollten, grinsten Einar nur Schatten entgegen. Der größte Schurke trat einen Schritt nach vorne. „Jetzt wirst du bezahlen!“, schnarrte er. Einars Herz klopfte noch schneller. Wofür sollte er bezahlen? Es wollte ihm nicht einfallen. Hastig tastete er sich an der Mauer entlang. Es gab keine Möglichkeit, den Männern zu entkommen. Das war wirklich das Ende!

Der Mann zückte ein Messer. Drohend schwenkte er es über seinem Kopf. Die Spitze seiner Waffe blitzte auf. Einar zuckte zusammen. Die Sonne! Die Sonne schob sich langsam über die Kante der Stadtmauer. Die Nacht war vorbei.

Einar nieste.

Als er die Augen wieder aufschlug, waren die Männer weg – und sein Digital-Wecker zeigte 5:56. Durch die Fensterläden fielen helle Strahlen in sein Zimmer. „Nur weil Sonntag ist, müsst ihr doch nicht genau auf meine Nase zielen!“, murmelte Einar ihnen zu. Noch einmal nieste er. Sein Herz beruhigte sich. Schnell schloss er die Augen wieder. Wenn es ihm gelang, das Kopfkissen richtig zu zerknüddeln, konnte er noch mühelos drei Stunden schlafen. Er wälzte sich auf die andere Seite. Mit der Wange streifte er wuscheliges Fell. Odin atmete gleichmäßig. Einars Eltern sahen es nicht gern, wenn sein Hund mit im Bett lag. Aber nach dem Gute-Nacht-Kuss holte er ihn doch immer aus seinem Körbchen. Er konnte einfach besser schlafen, wenn Odin bei ihm war.

Odin rekelte sich. Mit seiner rauen Zunge leckte er über Einars Nase. Einar seufzte. Jetzt war die Nacht endgültig vorbei.

„Guten Morgen, mein Süßer!“, begrüßte er seinen besten Freund. Seit seine Eltern vor vier Jahren an den einsamen Fjord gezogen waren, hatte er jede Sekunde mit dem Hund verbracht. Und Odin hatte er es auch zu verdanken, dass er die magische Insel gefunden hatte. Wenn er damals, mitten im schlimmsten Unwetter, nicht ins Meer gefallen wäre …

Zurzeit war überhaupt kein schlechtes Wetter. Im Gegenteil. Seit Tagen brannte die Sonne vom Himmel. Ungewöhnlich für Norwegen. Gestern hatte Einar sogar etwas ganz Seltenes beobachten können. Beim Gedanken daran bekam er immer noch eine Gänsehaut. Als er mit Odin am Rand der Steilküste Beeren gesucht hatte, war es plötzlich dunkel geworden. Ganz langsam hatte sich eine schwarze Scheibe vor die Sonne geschoben. Mit einem Mal wurde es kalt. Odin hatte sich fiepend ins Gras gelegt. Eine Sonnenfinsternis, wie Einar später in der Zeitung gelesen hatte.

Wie wichtig die Sonne für uns Menschen ist, dachte er schaudernd. Und für alle Lebewesen auf der Erde. Trotzdem nehmen wir es als selbstverständlich hin, dass sie jeden Morgen wieder aufgeht. Er musste sich eingestehen, dass er fast gar nichts über diesen Stern wusste. Eine spannende Sache, die es zu erforschen galt!

Einar sprang aus dem Bett und zog sich an. Im Haus war alles still. Klar, seine Eltern standen jeden Tag unter der Woche früh auf. Sonntags liebten sie es auszuschlafen.

Leise klatschte Einar in die Hände. Mit einem Satz war Odin auf seinem Arm. Auf Zehenspitzen verließ er das Wohnhaus. Draußen war es bereits richtig warm. Einar spürte die Kraft der Sonne auf seinem Gesicht. Über den Kiesweg lief er zum Leuchtturm hinüber. Hier hatten seine Eltern ihr Büro. Olav und Stine Magnusson erforschten die Entstehung der Fjorde. Im Stockwerk darüber lag Einars Labor, sein ganzer Stolz. Einar betrat den kreisrunden Raum. Hier gab es alles, was ein wissbegieriger Junge wie er benötigte: Ein Mikroskop und den Chemiekasten, seine Steinsammlung und das Herbarium, wo er seine getrockneten Pflanzen aufbewahrte. Dazu natürlich jede Menge Bücher. Und seinen Lieblingsplatz, den Kordsessel vor dem Computer. Freudig bellend sprang Odin in sein Körbchen beim Kachelofen. In seinem Napf hatte er die Reste eines Leckerlis entdeckt. Schmatzend machte er sich darüber her.

Einar fuhr den Rechner hoch und tippte sein Passwort ein: ODIN. Schnurrend sprang die Maschine an. In die Internet-Suchmaschine gab er das Wort SONNE ein. 389.485 Treffer! Einar klickte ein paar Nieten an. Dann stieß er endlich auf eine interessante Seite. Rasch überflog er die Informationen.

„Mann, ist das spannend!", murmelte er. „Hör zu, Odin!" Er las den Text laut vor:

„Für alle Bewohner der Erde ist die Sonne der wichtigste Stern. Ohne ihre Wärme und ihr Licht wäre Leben bei uns nicht möglich. Dabei ist sie 150 Millionen Kilometer von der Erde entfernt. 150 Millionen, Odin! Was sagst du dazu?"

Odin hob nur kurz den Kopf. Offensichtlich fand er sein Futter noch wichtiger.

Einar rechnete. „Wenn ich schnell gehe, schaffe ich sechs Kilometer in der Stunde. Bis zur Sonne müsste ich also … 25 Millionen Stunden laufen. Das sind ungefähr … eine Million und 42 Tausend Tage oder … 2854 Jahre! Und wenn ich nur eine Stunde am Tag schlafen würde, dann wären es noch mal …“ Einar brummte der Kopf vor lauter Zahlen. „Na ja, auf jeden Fall noch mal ein paar Jahre mehr!“ Er las weiter: „Tag und Nacht wechseln sich ab, weil sich die Erde dreht. Sie wird also unterschiedlich von der Sonne angestrahlt. Rund um den Äquator steht die Sonne immer am höchsten. Darum ist es in Afrika so viel heißer als in Europa.“

Einar sah vom Bildschirm auf. „Weißt du, was der Äquator ist, Odin? Das ist wie ein Gürtel in der Mitte der Welt. Er teilt die Erde in die Nord- und die Südhalbkugel. Oh, hier steht noch etwas zur Sonnenfinsternis!“ Einar las weiter: „Bei einer Sonnenfinsternis schiebt sich der Mond für einige Minuten vor die Sonne. Man könnte denken, dass beide gleich groß sind. Dabei ist die Sonne nur einfach viel weiter von der Erde entfernt. Früher fürchteten die Menschen bei einer Sonnenfinsternis, dass die Welt untergeht.“

Einar klickte eine neue Seite an. Ein Mann mit einem Falkenkopf erschien. Auf dem Kopf balancierte er eine Scheibe.

„Viele Völker verehrten die Sonne. Für die alten Ägypter war Amun-Re, ihr Sonnengott, der wichtigste aller Götter.“

So ähnlich wie Odin bei den nordischen Göttern, schoss es Einar durch den Kopf. Er dachte an die magische Insel. Wann mir Odin wohl wieder ein Zeichen schickt, dass er mich braucht?, überlegte Einar.

Seufzend schaltete er den Rechner aus. Sein Magen knurrte. Er lief mit Odin ins Wohnhaus zurück und begann leise den Frühstückstisch zu decken. Odin wälzte sich auf den Bodendielen.

Als der betörende Duft von Erdbeertee durch die Küche zog, betrachtete Einar stolz sein Werk. Er schlich zum Schlafzimmer seiner Eltern und steckte den Kopf hinein.

„Aufstehen, ihr Langschläfer!“, sagte er lachend. „So einen herrlichen Sonnensonntag vertrödelt man nicht im Bett!“

In ihren Schlafanzügen setzten sich seine Eltern an den Tisch. Einar freute sich über ihr Lob für die tolle Überraschung.

Als Beerenmarmelade und Fischpastete, Käse und Korngrütze fast aufgegessen waren, hörten sie plötzlich einen dumpfen Schlag. Einar zuckte zusammen. Irgendetwas war mit hohem Tempo vor das Küchenfenster geknallt.

Odins Bote

Tatsächlich hockte unter dem Fensterbrett ein Vogel im Gras. Als Einar ihn erkannte, lächelte er erleichtert. Es war Munin, Odins treuer Begleiter.

„Hallo, Munin!", begrüßte Einar ihn fröhlich. „Du hast dir doch hoffentlich nicht wehgetan?"

Der Rabe schüttelte den Kopf. „I wo", krächzte er. „Hab nur mit dem Schnabel an die Scheibe geklopft!"

Einar wurde vor Vorfreude ganz kribbelig. „Soll ich zu Odin kommen?"

„So ist es, Menschlein!", schallte es vom Dach. Hugin, der andere Rabe, hockte auf der Regenrinne. „Die magische Insel liegt am Eingang des Fjords. Hast du Zeit mitzukommen?"

Einar machte einen Luftsprung. „Bombastisch fantastisch!", jubelte er. „Da fragst du noch? Hat Odin etwa einen neuen Auftrag für mich?"

„Wenn du weiter mit offenem Mund hier stehst, wirst du es nie herausfinden", antwortete Hugin, wie gewohnt schnippisch. „Ich für meinen Teil fliege jetzt zurück zur Insel!" Damit spreizte er die Flügel. Majestätisch hob er vom Dach des Hauses ab.

„Komm, Odin!“, rief Einar aufgeregt seinem kleinen Foxterrier zu. „Auf in ein neues Abenteuer!“

Schon wollte er zur Klippe laufen. Aber Odin hielt zögernd den Kopf schief. Einar dachte nach. Wenn sie in die Vergangenheit reisten, verging während ihrer Abwesenheit in der Gegenwart keine Sekunde, hatte ihm Gott Odin erklärt. Wenn sie aber in der Gegenwart blieben und nur den Ort wechselten, tickten die Uhren normal weiter. Seine Eltern würden sich Sorgen machen.

„Wohin geht es denn diesmal?“, fragte Einar vorsichtig.

Munin zuckte die schwarzen Schultern. „Keine Ahnung, Einar. Aber Odin schreibt an einem besonders dicken Buch. Daher nehme ich an, dass wir weit, weit zurück in die Vergangenheit müssen“, kombinierte er schlau.

Die Vermutung reichte, um Einar zu beruhigen. Er musste sich also nicht von seinen Eltern verabschieden. Schon im nächsten Augenblick würde er ja wieder da sein. Im nächsten Augenblick, nach einem langen, spannenden Abenteuer!

Sie waren schon auf der Steintreppe, die zum Ufer des Meeres hinabführte, als Einar doch noch einmal umkehrte. Hastig eilte er zu dem Hügel zurück, wo er in seinem Basislager die Andenken an seine bisherigen Reisen versteckte. Einar hob die Tür aus zusammengenageltem Treibholz an die Seite. Sonnenlicht fiel in den niedrigen Raum. Auf einem Brett lagen das Schwert der Wikinger, der goldene Trinkpokal aus der Ritterzeit und ein Tongefäß. Das hatte er in den Sümpfen der Camargue gefunden, als er geholfen hatte, die Wildpferde zu retten. Schwert und Pokal hatten ihm bereits in anderen Abenteuern gute Dienste geleistet. Jetzt konnte er sicherlich die Tonvase gebrauchen.

Mit dem Gefäß unter dem Arm kletterte er die staubtrockenen Stufen zum Meer hinunter. Dort lag tatsächlich die magische Insel! Drei Birken reckten sich in den morgendlichen Himmel. In ihrem Schatten stand die kleine Hütte.

Einar watete durch die flachen Wellen. Odin und die Raben hockten schon im Gras. Ungeduldig steuerte Einar sofort die Hütte an und öffnete die Tür. Drinnen war es dunkel. Odin saß auf seinem steinernen Thron. Sein schlohweißer Bart schien noch länger geworden zu sein. Die Haarspitzen strichen bei jeder Bewegung des Kopfes über das dicke Buch in seinem Schoß. Der Wolf zu Odins Füßen knurrte Einar an. Odin hob seine uralte Hand und streichelte dem Tier beruhigend über den Kopf. Das Knurren verstummte.

„Du … du hast mich gerufen?“, stammelte Einar etwas beklommen.

„Einar, wie schön!“, antwortete Odin. Freundlich zwinkerte er Einar zu. Einars Unsicherheit verflog. „Ja, ich habe dich kommen lassen!“ Er machte eine Pause. „Ich brauche wieder einmal deine Hilfe!“

Einar fürchtete fast, er würde gleich platzen. So stolz machten ihn Odins Worte.

„Sag schon, worum geht es?“, rief er.

Odin lächelte väterlich.

„Langsam, langsam, Einar“, brummte er lächelnd. „Mich interessiert heute etwas aus

einem untergegangenen Reich. Eile ist da nicht mehr vonnöten!“

Er strich mit der Handfläche über das dicke Buch. „Ich schreibe gerade an einer Chronik des ägyptischen Volkes. Weil es über diese alte Kultur so überaus viel zu berichten gibt, habe ich schon zahlreiche Seiten gefüllt.“ Odin räusperte sich. „Nur an eine Sache habe ich mich nicht mehr erinnern können: Wie ein Priester des Sonnengottes Amun-Re seinen Tempeldienst beginnt.“ Odin lachte leise. „Es ist besonders wichtig – schließlich ist Amun-Re ja sozusagen ein Kollege von mir!“

Einar musste sich verkneifen, nicht augenblicklich laut zu jubeln. Heute früh noch hatte er über Amun-Re gelesen, den falkenköpfigen Gott, der die Sonnenscheibe trägt. Jetzt sollte er seine Priester besuchen! Er zwang sich, ruhig zu bleiben.

„Besonders verehrt“, fuhr Odin fort, „wurde Amun-Re zur Regierungszeit von Ramses II., einem mächtigen Pharao aus der 19. Dynastie. In diese Zeit würde ich dich gerne schicken. Hast du Lust?“

„Bombastisch fantastisch!“, jauchzte Einar. „Lass uns gleich losfahren!“

Odin erhob sich. „Dein Eifer macht mir große Freude, Einar!“, sagte er. „Die magische Insel wird dich nach Uaset bringen, einen Ort, den die Griechen später Theben taufen werden. Dort steht Amun-Res Haupttempel. An diesem Ort müsstest du eigentlich alles Nötige erfahren!“

Einar nickte stumm. Als Odin die Hütte verließ, berührten seine Füße kaum den Boden. Der Wolf schlüpfte hinter ihm durch die Tür. In einem grellen Blitz war auch der Thron verschwunden. An seiner Stelle hing nun eine Hängematte zwischen den Pfosten der Hütte. Auf dem Schreibtisch in der Mitte lagen Stifte und Schere. Neben der Tür war ein großer Spiegel angebracht. Alles so, wie ich es schon kenne, dachte Einar.

Nur eine Sache bereitete ihm ein kleines bisschen Kopfzerbrechen: Der Spind, in dem sich immer die Kleider befanden, die Einar bei seinen Aufgaben tragen sollte, war diesmal fast leer. Bis auf ein kurzes weißes Leinentuch.

Kein Durchkommen

Die Landkarte an der Wand fing an zu blinken. Die Fläche Norwegens, die rot geleuchtet hatte, erlosch. Kurz darauf strahlte der nordöstlichste Zipfel von Afrika auf: Ägypten. Dann beobachtete Einar, wie sich ein Lichtpünktchen vom Mittelmeer aus einen blauen Strich entlang nach Süden bewegte. Was auf der Karte wie ein armseliges Rinnsal aussah, war in Wirklichkeit der Nil. Der längste Fluss der Erde, wie Einar wusste. Nil. Schon sein Name klang nach Mythen und Geheimnissen. In der Mitte des Landes stoppte das Licht. Die magische Insel war an ihrem Ziel angekommen. Augenblicklich wurde es in der Hütte unerträglich heiß.

Zögernd trat Einar vor die Tür. „Eine schräge Bemerkung, und ich suche mir neue Freunde!“, schnaubte er.

Die Raben starrten ihn wie vom Donner gerührt an. „Oh, so ein großes Menschlein braucht noch Windeln!“, spottete Hugin trotz der Drohung. Munin brach in krächzendes Gelächter aus. Sogar Odin knurrte befremdet.

Einar merkte, wie ihm das Blut in den Kopf schoss. Beschämt sah er an sich hinunter. Er war nackt. Nein, nicht ganz. Um seine Hüften geschlungen lag das Leinentuch aus dem Spind. Tatsächlich erinnerte der zerknüddelte Stoff an eine überdimensionale Windel. Jetzt musste auch er lachen.

„So war nun mal die Mode im alten Ägypten!", antwortete er grinsend. „Seht selbst!"

Die Raben drehten ihre Köpfe. Auf dem Nil herrschte reger Betrieb. Kleine Segelschiffe fuhren vorbei. Braungebrannte Männer schoben mit langen Stecken schmale Papyrusboote übers Wasser. Drei Fischer warfen ihre Netze aus. Durch den dicht bewachsenen Uferstreifen wateten zwei Jäger mit spitzen Lanzen. Einer von ihnen trug ein schnatterndes Bündel über seiner Schulter: gefangene Enten.

Weiter im Land war der Boden in Vierecke aufgeteilt. Wassergefüllte Kanäle trennten die Felder voneinander. Bauern waren dabei, die reifen Kornähren mit scharfen Sicheln zu schneiden. Frauen banden sie zu Büscheln zusammen.

Noch ein Stückchen weiter ragten dicke Säulen in den Himmel. Sie trugen ein kolossales Dach aus Sandstein. Das muss der Tempel sein, von dem Odin gesprochen hat, dachte Einar. Die Schönheit

des Gebäudes raubte ihm fast den Atem. Es war wirklich eines Gottes würdig! In der Ferne konnte er außerdem einfache Hütten und Häuser erkennen. Und über allem stand die unbarmherzige Sonne.

Die magische Insel hatte sich perfekt ihrer Umgebung angepasst, bemerkte Einar. Überall war Sand. Statt der Birken wuchsen hier nun drei Palmen, an denen braungelbe Früchte hingen.

„Datteln", erklärte Munin schmatzend. „Sehr köstlich!"

„Dann bleibt eben hier und esst euch satt", sagte Einar nur. „Ich sehe mir inzwischen den Tempel an!"

Er nahm Odin auf den Arm und schulterte die Leinentasche mit der Tonvase. Vorsichtig setzte er einen Fuß ins Wasser. Der Nil war warm. Viel wärmer als das Meer vor seiner Haustür in Norwegen. Schnell sank Einar bis zu den Knöcheln im Schlamm ein. Hier am Rand war die Strömung zum Glück nicht stark. Schon nach wenigen Schritten erreichte er das feste Ufer. Ein schmaler Weg führte durch die Felder, direkt auf den Tempel zu. Schüchtern grüßte Einar die arbeitenden Bauern. Statt einer Antwort starrten ihn die Männer nur an.

Einar ließ sich von ihrem Schweigen nicht durcheinanderbringen. Ruhig ging er weiter. Knapp 200 Meter vom Tempel entfernt hockten Steinmetze auf einer liegenden Säule. Sie war länger als zwei Lastwagen und mit Blumenmustern verziert. Schwitzend meißelten die Männer ägyptische Zeichen in den Stein. Hieroglyphen hießen die Zeichen, das wusste Einar schon. Sicherlich erzählten sie von der Herrlichkeit Amun-Res. Der Weg war jetzt gepflastert. Aber außer Einar war kein Mensch auf der schmalen Straße.

Den Blick nur nach oben gerichtet auf die prächtigen, bunt bemalten Säulenenden, trat Einar durch das Tor. Hoffentlich halten sie das Dach auch wirklich, schoss es ihm durch den Kopf. Aber eigentlich musste er ja keine Angst haben. Schließlich standen die Säulen auch noch mehr als 3000 Jahre später. Gerade, als Einar eine der Säulen berühren wollte, legte sich von hinten eine Hand auf seine Schulter. „Was machst du hier?“, schnarrte eine scharfe Stimme.

Verdutzt fuhr Einar herum. Vor ihm standen zwei Männer mit geschorenen Köpfen. Beide trugen mit Fell bespannte Schilde, aus ihren Röcken blitzten die Griffe von Dolchen hervor. Der größere der beiden zog sein Schwert. Grimmig hielt er es Einar an den Hals. Einar spürte, wie ihm das kalte Metall die Luft abdrückte. Eine falsche Bewegung, und die scharfe Klinge würde ihn verletzen. Odin vergrub seine Schnauze in Einars Achselhöhle.

„Halt!“, schallte es aus dem Säulengang. Der Soldat lockerte seinen Griff ein wenig. Einar gelang es, seinen Kopf zu drehen. Ein Mann mit bodenlangem Gewand trat aus dem Schatten. Über seinen Schultern lag ein Leopardenfell. In der rechten Hand hielt er einen verzierten Stab. „Warum erzürnt ihr Amun-Re mit eurem Geschrei?“, fragte er leise.

Auf der Glatze des Soldaten glänzten Schweißperlen. Ihm war sichtlich unwohl. Widerwillig verbeugte er sich. „Verehrter Priester! Dieser Jüngling hat das Heiligtum betreten!“, schnaufte er unsicher.

Der Priester sah Einar an. Seine Augen waren klar und weise. Einar war es, als würde der Mann direkt

in seine Seele schauen können. Seine Knie begannen zu zittern.

„Weißt du nicht, dass nur Priester den Tempel betreten dürfen?“, fragte der Mann ruhig.

Einar senkte den Kopf.

„Geh!“, befahl der Priester. Dann drehte er sich um und verschwand zwischen den Säulen. Mit ärgerlichen Gesichtern machten nun auch die beiden Soldaten Platz.

Einar zögerte keine Sekunde. Hastig verließ er den Tempel. Kaum war er auf der Straße angekommen, als er zu rennen begann. Nur weg hier!, dachte er.

Sonst lassen mich die Soldaten noch für ihre Demütigung büßen. Außerhalb der Tempelmauern konnte der Priester sicher nichts für ihn tun.

Mit wenigen Sprüngen durchquerte er den Uferstreifen. Erst auf der magischen Insel traute er sich aufzuatmen.

„Mir ist da noch was eingefallen, Einar!“, krächzte Munin über ein paar Datteln gebeugt. „Den Tempel dürfen nur Priester betreten! Es wäre also besser, wenn du …“

„Danke für den Hinweis.“ Einar seufzte. „Ich wünschte, wir könnten erst mal am anderen Ufer an Land gehen!“

So richtig wusste Einar zwar nicht, was er dort suchen sollte. Aber zunächst wollte er nur möglichst viel Wasser zwischen sich und den Tempel mit seinen Wachen bringen.

Langsam bewegte sich die magische Insel auf das westliche Ufer zu. Nahe einiger einfacher Lehmhütten legte sie an. Nilabwärts entdeckte Einar ein paar Paläste und noch mehr prachtvolle Tempel. Um die würde er einen großen Bogen machen, schwor er sich. Jetzt wollte er sich nur umschauen. „Aber diesmal kommt ihr mit!“, kommandierte er. Einsichtig nickten die Raben.

Die Hütten machten auf Einar einen verlassenen

Eindruck. Sicherlich waren die Bewohner auf dem Feld. Aber nicht allzu weit entfernt entdeckte er eine lange Mauer. Ob dahinter ein Dorf oder gar eine Stadt lag?

Schon wenige Minuten später wünschte sich Einar, auch er könnte fliegen. Der Sand der Wüste war unerträglich heiß. Bei jedem Schritt schien er seine Fußsohlen zu braten. Fliegen müsste man können, dachte Einar und blickte in den Himmel zu Hugin und Munin. Odin kam auf diesem Untergrund gar nicht vorwärts und musste getragen werden. Einar setzte ihn zu der Vase in die Tasche. Ihr Gewicht schnitt ihm jetzt fast die Luft ab. Und dazu diese Hitze! Wie ein Feuerball stand die Sonne am Himmel. Ohne Gnade brannte sie auf Einar herab. Das steinige Tal verwandelte sich mehr und mehr in einen Glutofen. Die Zunge klebte ihm am Gaumen.

Endlich erreichten sie die Mauer. Über das Sims ragten dicht an dicht kleine Ziegelhäuser. Und Häuser bedeuteten Schatten!

„Hier drüben ist ein Tor!“, krächzte Munin heiser. Erschöpft schleppte sich Einar zu ihm. Doch wieder versperrten ihm Wachen den Weg.

„Lasst mich rein!“, flehte er. „Ich hab solchen Durst!“

Unbarmherzig kreuzten die Männer ihre Lanzen vor seiner Nase. „Dieser Ort ist für Fremde verboten!", schnauzten sie ihn an. „Für kleine, oberschlaue Schmuggler wie dich erst recht. Du hast doch Weizen in deinem Sack, oder nicht? Aber hier bekommt niemand etwas zu essen. Bis der Schuldige gefunden ist!"

Einar verstand den Sinn der Worte nicht. Die Sonne machte seine Gedanken irgendwie matschig. Was war hier los? Warum ging er nicht einfach rein und sah nach? Stattdessen drehte er sich um. Beim Anblick des flirrenden Sands schossen ihm Tränen in die Augen. Kaum hatte er den Wachen den Rücken gekehrt, als ihn ein Ruf zusammenzucken ließ. „Alarm!"

Minea

Einars erster Impuls war es zu rennen. Von brüllenden Wachen hatte er für heute wirklich genug!

„Einar, schnell!“, krächzte Munin plötzlich. „Die Männer mit den Lanzen sind weg!“

Einar wandte sich wieder um. Auch Hugin nickte. „Sie sind in das Dorf gelaufen!“, fügte er hinzu. „Die Luft ist rein!“

Vorsichtig lugte Einar um die Mauer herum. Von den Wachen fehlte tatsächlich jede Spur. Eilig durchschritt er das Tor und betrat das Dorf. Es wirkte gespenstisch. Links und rechts reihte sich ein schmuckloses Haus an das andere. Jede Vorderfront sah gleich aus: ein Fenster, eine Tür, zwei Stockwerke hoch – eine trostlose Reihenhaussiedlung. Die schmalen Wege zwischen den Häusern waren menschenleer. Vorsichtig ging Einar weiter, die Tasche mit Odin und der Vase darin fest an sich gepresst. Kurz vor einer Kreuzung hörte er laute Stimmen. Eine Gruppe Menschen redete wild durcheinander. Irgendetwas regte sie auf, so viel konnte er verstehen.

Einar presste sich dicht an die Mauer. Überstehende Ziegelsteine bohrten sich in seinen nackten Rücken. Wie in meinem Traum, durchzuckte es Einar. Erst nach einer Weile traute er sich, um die Ecke zu sehen. Rund um einen gemauerten Brunnen standen dicht gedrängt die Einwohner des Dorfes: Männer in kurzen Röcken, Frauen in weißen Kleidern, splitternackte Kinder, Greise mit krummen Rücken. Aufgeregt diskutierten sie miteinander. Plötzlich strömten aus einer Seitengasse noch mehr Menschen auf den kleinen Platz. Mit angehaltenem Atem sah Einar, dass sie von einem Trupp Soldaten vorwärts gescheucht wurden. Etwa 200 Personen, schätzte Einar, quetschten sich nun um den Brunnen herum. Auf einen Pfiff hin riegelten die Soldaten alle Fluchtwege ab. Ein Mann mit kurzem schwarzem Kinnbart und einem weißen Tuch auf dem Kopf löste sich aus der Menge. Mit einem Satz sprang er auf den Brunnenrand. Elegant und tödlich wie ein Panther, schoss es Einar durch den Kopf. Der Mann trug einen verzierten Rockschurz und dicke goldene Ketten um Hals und Oberarme. Er pfiff erneut. Sofort verstummten die Dorfbewohner, ängstlich starrten sie zu ihm hinauf. Der Anführer der Wachen!, wusste Einar sofort.

Grimmig, fast angewidert, blickte der Mann auf

die Dorfbewohner herab. Einer seiner Soldaten reichte ihm einen bauchigen Tonkrug.

„Einwohner der Totenstadt!“, rief er über den Platz. „Schon wieder ist ein Schmuckstück aus einem unserer heiligen Gräber aufgetaucht!“ Mit theatralischer Miene griff er in den Krug und zog die Hand wieder heraus. Zwischen seinen Fingern blitzte es. Ein Ring, vermutete Einar. Was genau es war, konnte er aus der Entfernung nicht erkennen.

„Nur ihr wisst, wo sich die Gräber befinden!“, schnarrte er weiter. „Nur einer von euch kann also der Dieb sein! Möge er vortreten und die gerechte Strafe von Amun-Re empfangen!“

Einar stellte sich auf die Zehenspitzen. Doch seine Anstrengung war umsonst. Niemand rührte sich.

„So ist der Schuldige nicht nur ein Dieb und ein Feigling obendrein“, fuhr der Anführer der Wachen fort. „Er trägt auch die Verantwortung für den Hunger seiner Nachbarn!“ Er wandte sich an seine Soldaten: „Weiterhin keine Kornrationen für dieses

Dorf. Sie sollen solange hungern, bis sich der Grabräuber meldet!“ Er grinste schäbig. „Oder von einem treuen Diener Amun-Res gemeldet wird!“

Einar spürte Wut in sich hochkochen. Er ahnte, was diese Worte bedeuteten. Die Leute wurden dazu aufgefordert, ihre Nachbarn zu verraten. Nach ein paar Tagen ohne Essen würde sich schon jemand finden, der den Soldaten einen Unschuldigen ans Messer lieferte.

Einar ballte die Fäuste. „So eine Gemeinheit“, murmelte er. Odin streckte seinen wuscheligen Kopf aus der Tasche. Dann bellte er zustimmend.

Erschrocken sah Einar auf den Platz. Beinahe gleichzeitig flogen 200 Köpfe herum. Einen Moment lang starrte ihm der Anführer der Wachen direkt in die Augen. Sein Blick war kalt und falsch. Schon schwärmten die Soldaten aus.

Blitzschnell rannte Einar in die Gasse zurück, aus der er gekommen war. Hugin und Munin schwebten hoch über dem Dorf. „Nicht da lang, Menschlein!“, krächzte Hugin. „Sonst rennst du ihnen in die Arme!“

Einar befolgte seinen Rat. Er schlug einen Haken. Hals über Kopf stürzte er in die nächste Gasse hinein.

„Bloß nicht weiterlaufen, Einar!", krähte nun Munin. „Dort warten sie schon auf dich!"

Einar war verzweifelt. Die Soldaten jagten sicher nicht zum ersten Mal einen Flüchtling durch das Dorf. Sie kannten jeden Trick, jede Abkürzung. Früher oder später würden sie ihn kriegen. Noch war er alleine in der Gasse.

„Jetzt kommen sie von allen Seiten, Menschlein!", schnatterte Hugin aufgeregt. „Ergib dich besser!"

Einar wurde vor Angst schwindelig. Was sollte er tun? Doch bevor er richtig nachdenken konnte, packte ihn eine Hand an der Schulter. Mit einem Ruck wurde er nach hinten gerissen. Schwarze Nacht umgab ihn. Er wollte schreien, aber eine zweite Hand presste sich auf seinen Mund. Wollten sie ihn gleich hier kaltmachen? Er schlug um sich.

Mehrere Sekunden lang hörte Einar nichts als seinen keuchenden Atem. Dann glitt die Hand von seinem Gesicht.

Langsam gewöhnten sich seine Augen an die Dunkelheit. Es war nicht ganz finster hier drinnen. Einen guten Meter von Einar entfernt schwelte Glut. Er erkannte die Umrisse eines Tischs und dreier Stühle. Jemand hatte ihn in ein Haus gezogen. Aber, das konnte ja nur bedeuten …

Jetzt erschien neben ihm das Gesicht eines Mädchens. „Brüll doch nicht so“, herrschte sie Einar leise an. „Oder willst du Manabis Wachen unbedingt zu uns locken?“

Stumm schüttelte Einar den Kopf. Sein Puls begann sich zu beruhigen. Die Stimme des Mädchens klang freundlich.

„Ich heiße Minea“, flüsterte sie. An der Glut im Ofen entzündete sie einen langen Holzspan.

„Warum hast du mir geholfen?“, fragte Einar. „Das ist doch sehr gefährlich!“

Minea nickte. „Das ist es! Aber ich liebe Abenteuer. Und außerdem wollte ich unbedingt wissen, warum du so eine komische Frisur hast. Alle Männer

haben doch Glatzen! Oder ist das eine Perücke?" Minea zog kräftig an Einars Haaren.

„Lass das!", bat er. „Die sind echt. Nur stamme ich gar nicht aus Ägypten, sondern von weither. Ich bin hier, um …"

Ein kräftiges Pochen unterbrach ihn.

„Aufmachen!", polterte eine Stimme. „Oder wir treten die Tür ein!"

Der Großvater

Erneut klopfte es an die Tür. Diesmal noch ungeduldiger. Einar fürchtete, sein Herz könnte ihm vor Angst aus der Brust springen.

„Beim Geliebten des Re, der jedes Fremdland niedertritt unter seinen Sohlen! Öffnet die Tür, sage ich!"

Einar sah Minea flehend an und schüttelte den Kopf. Minea legte den Zeigefinger an die Lippen. Sie hörten, wie nun vor der Tür ein Mann unsicher fragte: „Und wenn niemand da ist, der aufmachen kann? Alle Einwohner sind doch beim Brunnen!"

„Rede keinen Unsinn, Soldat!", fauchte eine andere Stimme zurück. Einar erkannte Manabi, den Anführer der Wachen. Er spürte, wie der letzte Funke Hoffnung ihn verließ. Dieser Mann würde sich nicht abwimmeln lassen, bis er den Fremden gefunden hatte. Hektisch sah sich Einar um. An der Rückwand des Hauses führte eine schmale Leiter in den zweiten Stock. Sicher konnte man von da bis aufs Dach kommen.

Minea schien seine Gedanken lesen zu können.

„Nein!“, zischte sie leise. „Ich habe noch eine bessere Idee!“ Kichernd drückte sie Einar in einen Stuhl. „Ich komme gleich!“, rief sie in Richtung Eingang. Minea legte ihm ein großes Leinentuch um. Dann griff sie nach einem duftenden Stück Seife und rieb es solange über Einars Kopf, bis sich dicker Schaum bildete.

Einar kam nicht mehr dazu, nach dem Sinn zu fragen. Als die Soldaten zum dritten Mal klopften, riss Minea die Tür auf. „Ich bin ja schon da!“, schimpfte sie den Männern entgegen. „Mehr als drei Sachen gleichzeitig zu tun, schafft nur der Beschützer Ägyptens!“

Einar bewunderte ihren Mut. Gleichzeitig zuckte er zusammen. Manabi trat durch die Tür. Von Nahem sah er noch Furcht einflößender aus. Vier Soldaten folgten ihm ins Haus. Zwei von ihnen eilten sofort über die Leiter ins Obergeschoss. Ein anderer öffnete die Fensterläden. Sonnenlicht strömte herein. In der Gasse sah Einar noch weitere Soldaten. Eine Flucht übers Dach hätte ihn geradewegs ins Verderben geführt.

„Warum bist du nicht auf dem Platz des tiefen süßen Wassers wie die anderen?“, schnaubte der Anführer gereizt.

In Mineas Augen sah Einar nicht die kleinste Spur

von Angst aufblitzen. „Wegen meinem Großvater“, antwortete sie keck. „Sein Geist ist nicht mehr ganz klar. Mein Bruder hat mir verboten, ihn jemals alleine zu lassen. Und da ich noch zu jung bin, um hinter den Heiligen Berg zu gehen, kann ich doch sowieso nicht die gesuchte Diebin sein, oder?“

Zwei Soldaten nickten. Manabi warf ihnen eisige Blicke zu. Sofort stürzten sie los, um den Rest des Raumes gründlich zu durchsuchen. Manabi trat dicht an den Stuhl heran, in dem Einar zusammengekauert saß. Der Dolch des Anführers baumelte direkt vor Einars Nase hin und her.

„Ist das dein Großvater?“, fragte er brummig.

Einar biss sich auf die Lippen. Die Seife schmeckte nach Rosenblüten.

„Ja, weiser Herr!“, antwortete Minea und nahm ein Messer vom Küchenblock. „Ich war gerade dabei, ihn zu rasieren. Seit Jahren kann er nicht mehr vor die Tür treten! Seht, seine Haut ist weiß wie Stutenmilch.“

Einar fühlte, wie sich Manabis Blick geradewegs in ihn hineinbohrte. Der Blick ließ ihn erschaudern. Nur Mineas Berührungen, die ihm mit geübten Bewegungen die Haare vom Kopf schabte, beruhigten ihn etwas. Rund um den Stuhl segelten seine Locken zu Boden.

„Seine Augen sind hellwach!", knurrte Manabi skeptisch.

„Das täuscht", erwiderte Minea lässig. „Sobald er den Mund aufmacht, sind seine Worte unverständlich!"

Einar spürte Mineas Ellenbogen an seinen Rippen. Sicherlich war das eine versteckte Aufforderung, irgendetwas Komisches zu sagen. Nur was? Die Gedanken rasten durch seinen Kopf. Endlich fiel ihm etwas ein. „Bombastisch fantastisch", nuschelte er. Er sprach es so, als hätte er ein altes Brötchen im Mund. „Bombastisch fantastisch!"

Manabi schaute ihn fassungslos an. Einar spürte, wie er rot wurde. Nur gut, dass die Seife sein Gesicht bedeckte!

Mineas Selbstsicherheit war ungetrübt. „Seht Ihr, weiser Herr! Man kann ihn wirklich nicht alleine lassen!"

In diesem Moment kamen die beiden Soldaten vom Dach zurück.

„Melde, oh großer Hauptmann der Wachen, wir haben nichts gefunden. Keinen Fremden und nicht das kleinste Stäubchen Gold!" Auch die übrigen Soldaten schüttelten die Köpfe.

Manabi schickte sie mit strenger Geste hinaus. Kurz bevor er selber das Haus verließ, drehte er sich noch einmal um.

„Hüte dich, mich anzulügen, kleine Ratte!", zischte er. „Wenn du weißt, wer der Dieb ist, so wäre es besser, du kommst schneller zu mir, als ein Tropfen Nilwasser verdampft!"

Zornig warf er die Tür hinter sich zu.

Glücklich wickelte sich Einar aus dem Leinentuch. Odin sprang von seinem Schoß. Sie waren gerettet. Vorerst.

Verborgene Talente

„Jetzt musst du mir erklären", drängte Minea, „was das bedeutet: Bombastisch fantastisch?"

Einar fuhr sich mit der Hand über seinen haarlosen Kopf. Er musste lachen. „Das sage ich immer, wenn ich etwas besonders toll finde. Und wie du diesen fiesen Manabi ausgetrickst hast, das war einfach bombastisch fantastisch!"

Minea schöpfte Wasser in einen Becher, krümelte ein paar Samen hinein und reichte ihn Einar. Das Getränk war kühl und schmeckte leicht süßlich. Auch Odin bekam eine Schale voll. Das schien ihn von dem seltsamen Anblick seines glatzköpfigen Herrchens abzulenken.

„Aber ich habe auch ein paar Fragen", sagte Einar. „Wo bin ich eigentlich? Und was ist hier los?"

Minea trank ebenfalls einen großen Schluck. Dann seufzte sie. „Du bist in der Totenstadt. Fast niemand kennt sie. Die Wachen sorgen dafür, dass sie kein Mensch außer den Einwohnern jemals betritt – und wir dürfen nicht hinaus. Seit dreihundert Jahren wohnen hier die Arbeiter, die die Gräber für die Pharaonen ausschachten und schmücken. Drüben hinter dem Heiligen Berg, den wir das Horn nennen.“

Einar kramte in seinem Gedächtnis. Er war in der Nähe von Theben. „Du meinst das Tal der Könige?“

Minea zuckte mit den Schultern. „Nie gehört. Aber der Name passt. Mit den Königen werden unermessliche Reichtümer vergraben. Ist ein Grab verschlossen, wird es so zugeschüttet, dass es niemand finden kann. Nur die Arbeiter kennen also die Lage. So sollen die Pharaonen bei ihrer ewigen Ruhe vor Grabräubern sicher sein.“

„Was für ein gewaltiger Irrtum!“, krächzte es von draußen. Hugin und Munin staksten zur Tür herein.

Minea sah sie mit großen Augen an. Dann warf sie sich auf den Boden und verbeugte sich tief. „Gott Horus ist zu mir gekommen! In dieses unwerte Haus!“

Hugin räusperte sich. „Die Manieren des Menschleins lassen nichts zu wünschen übrig“, krächzte er hochmütig. „Aber wie ein Falke sehe ich nun wirklich nicht aus. Raben sind doch, ohne Horus beleidigen zu wollen, viel hübschere Vögel!“

Zögerlich hob Minea wieder den Kopf.

Einar verkniff sich ein Lachen. Horus war offensichtlich ein wichtiger ägyptischer Gott. Und er wollte Mineas Gefühle nicht verletzen. „Das sind Hugin und Munin, meine beiden Freunde“, erklärte er deshalb. „Sie reisen mit mir und haben mir schon in mancher Not geholfen!“

Minea stand auf. „Ach, so ist das! Willkommen in meinem Haus. Zu fressen kann ich euch leider nichts anbieten. Getreide und andere Lebensmittel teilt uns eigentlich der Wesir unseres Gaus zu. Wir nennen ihn *Den, der die Kanäle baut*, weil er alle Arbeiten in Auftrag gibt, die dem ganzen Volk zugutekommen. Aber seit drei Tagen bekommen wir nichts mehr. Ein Grab ist geplündert worden!“

Hugin scharrte auf dem sandigen Fußboden. „Wie ich schon krächzte, ein gewaltiger Irrtum! Die ersten Pharaonen haben sich in den Pira… Püra…, na, in diesen großen eckigen Häusern begraben lassen. Aber die haben Grabräuber nicht abgehalten, sondern eher angelockt. Nun lassen sich die Könige hier in diesem kargen Tal beisetzen.“

Minea nickte. „Du weißt sehr viel über die Geschichte Ägyptens, Hugin“, lobte sie. „Das Tal wird von Manabi und seinen Soldaten streng bewacht. Auch der Vater unseres mächtigen Königs Ramses, Seti I., liegt hier begraben. Und an der Ruhestätte des Pharaos wird auch schon lange gearbeitet. Deshalb sind alle so nervös. Nur Arbeiter aus der Stadt können die Räuber sein, glaubt Manabi. Aber wir waren es nicht!“

Einar nickte. Dass Manabi die Dorfbewohner aushungern wollte, hatte er schon am Brunnen belauscht. Er stutzte. „Und warum bist du nicht hinter dem Heiligen Berg?“, wollte er wissen. „Kochst du hier für deine Eltern?“

Minea lächelte. „Nein! Ich bin froh und glücklich, dass meine Eltern schon tot sind! Mein Bruder und ich haben sie vor zwei Jahren in das schöne Haus der Ewigkeit gelegt.“ Sie bemerkte Einars Blick. „Ins Grab! Im zehnten Monat des Jahres gehen wir immer zu ihnen und feiern!“

„Und du bist nicht traurig?“, erkundigte sich Einar erstaunt. Er dachte daran, wie er sich ohne Eltern fühlen würde. Eine Gänsehaut überlief ihn.

„Traurig? Nein, wieso? Am Tag ihres Todes haben wir genug geweint und geklagt. Jetzt sind sie an Amun-Res Seite!“

Seltsam, dachte Einar. Auch Harald bei den Wikingern hatte ihm ja stolz erzählt, dass sein Großvater in Walhalla sei, dem Ort für tote Krieger. Wie es wohl kam, dass die Menschen der Gegenwart ganz anders damit umgingen?

„Mein Vater war einer der besten Maler Ägyptens!“, unterbrach Minea die Stille. „Nachts kommt er oft vorbei und verspricht mir, dass ich eines Tages auch eine Tempelmalerin werde! Obwohl mein Bruder dagegen ist!“

Einar bemerkte, wie Mineas Augen glasig wurden. Unbewegt starrte sie auf Odin, der sich in der Sonne unter dem Fenster rekelte. Auch wenn sie nicht trauerte, vermisste sie ihren Vater ganz offensichtlich doch.

„Seit ich denken kann, hat mich mein Vater hinter den Heiligen Berg mitgenommen. Immer wenn er ein Grab vollendet hatte, war ich völlig hingerissen. Diese wundervollen Gemälde! Mein Vater konnte einfach alles malen: Menschen, Tiere und natürlich unsere Götter! Jeder konnte sofort erkennen, was er malte! Abends habe ich auf ihn gewartet, hier vor der Feuerstelle. Darauf, dass er mich wieder einmal mitnehmen wollte. Er lächelte dann immer so glücklich. Um mir die Wartezeit zu vertreiben, habe ich angefangen, mit verbranntem Holz zu malen.“

Gedankenverloren zog Minea ein verkohltes Holzscheit aus der Feuerstelle. Mit nur wenigen Strichen malte sie einen Mann mit Falkenkopf auf den Sandboden. Auf seinen Händen trug er eine

Scheibe. Einar staunte. Er erkannte ihn sofort wieder. Es war der Sonnengott, den er im Internet gesehen hatte. „Bombastisch fantastisch", murmelte er. „Das ist Amun-Re!"

„Du … du hast ihn erkannt?", fragte Minea zögernd.

„Da fragst du noch?", platzte es aus Einar heraus. „Das sieht doch ein Maulwurf! Du hast ein wahnsinniges Talent!"

Minea lächelte glücklich. „Das hat mein Vater auch gesagt, damals in unserer letzten gemeinsamen Nacht. An dem Abend kam er nach Hause, aber er lächelte nicht. Er war verzweifelt! Ein hoher Beamter wünschte sich für seine Kammer das Bild seiner Lieblingskatze. Vater probierte und probierte, aber sie sah immer wie ein Schakal aus. Diese Lieblingskatze hatte wirklich eine lange Schnauze. Dann nahm er mich mit. Diesmal sollte ich ihn nicht bewundern. Ich sollte ihm helfen. Er, der große Künstler, bat mich um Rat! Noch ehe die Nacht gegangen war, hatte ich die Katze fertig gemalt. Ich lief nach Hause, während meine Eltern an der Grabstätte blieben. Mein Vater wollte noch etwas ausbessern, und meine Mutter mischte seine Farben. Danach wollten wir feiern. Aber ein Schreiber hatte die Dicke des Gesteins falsch berechnet. Das Grab stürzte ein. Meine Eltern kamen nicht zurück!“

Einar merkte, wie die Tränen in ihm aufstiegen. Bevor Minea etwas merken konnte, wischte er sich mit dem Handrücken über das Gesicht. Minea beugte sich vor und flüsterte ihm ins Ohr: „Seitdem habe ich diesen einen großen Wunsch: Eine Tempelmalerin zu werden! Wie mein Vater!“

In Einars Kopf machte es Klick! Er sollte Odin also wieder helfen, einem Kind einen Herzenswunsch zu erfüllen! Nichts tat er lieber als das!

„Und was ist an der Sache so schwierig?“, fragte er nach. „Du bist doch unglaublich gut!“

Minea wurde rot. „Danke, dass du das sagst. Aber mein Bruder meint, diese Arbeit ist nichts für Frauen. Ich soll zu Hause bleiben und für meine Familie sorgen. Oder höchstens Farben anrühren wie meine Mutter! Und ohne seine Einwilligung kann ich nirgendwo in die Lehre gehen."

Einar merkte, wie er sauer wurde. „Aber das geht doch nicht! So ein Talent darf man nicht verschwenden!" Er sah die Raben an. „Was sagt ihr dazu?"

Hugin und Munin nickten zustimmend. „Außergewöhnlich gut!", bestätigte Munin. „Ganz klar ein Falke, kein Rabe!", fügte Hugin hinzu. Sogar Odin schien beeindruckt zu sein. Schwanzwedelnd stand er vor dem Bild.

Minea lächelte. Dann sah sie Einar lange und durchdringend an. „Du bist ein guter Mensch", flüsterte sie. „Ich werde dir jetzt etwas zeigen, das außer mir und meinem Vater niemand kennt!"

Gefährliches Geheimnis

Zögernd öffnete Einar die Tür und sah hinaus. Nichts. Im Geheimen hatte er befürchtet, Manabi könnte Wachen vor dem Haus zurückgelassen haben. Doch die Gasse war menschenleer. Weder Soldaten noch Dorfbewohner waren zu sehen. Odin beschnüffelte eine Mauer. Hinter ihm drängte Minea ins Freie. Sie hatte sich eine ähnliche Tasche wie Einar umgeworfen. Blinzelnd blickte sie zum Himmel.

„Wir brechen genau zur richtigen Zeit auf", sagte sie zufrieden. „Ich habe eine Verabredung, wenn die Sonne am höchsten steht."

Bis zum Mittag blieb ihnen noch eine gute Stunde, wie Einar schätzte. Er war verdutzt. Sie würden viel zu früh kommen. In 60 Minuten konnte man die Totenstadt mindestens zwanzigmal durchqueren. Bevor er Minea nach dem geheimnisvollen Treffpunkt fragen konnte, war das Mädchen schon an ihm vorbeigehuscht. Gespannt folgte Einar ihr.

„Und dass du nicht wieder bellst, hörst du?", ermahnte er Odin. Der Hund sah ihn mit schwarzen

Knopfaugen an. Es tat Einar leid, so streng mit ihm zu reden. Aber es musste sein. Ein zweites Mal würden sie Manabis Wachen sicher nicht entkommen können. Odin schien verstanden zu haben. Er folgte ihnen lautlos wie eine Katze auf Mäusejagd.

Auf Zehenspitzen schlich Minea vor ihnen her. An jeder Kreuzung hielt sie an und schielte vorsichtig um die Ecke. Erst dann rannte sie leise über die Straße. Einar machte es ihr nach.

Doch schon nach wenigen Häuserblocks blieb Minea plötzlich stehen. Sorgfältig blickte sie sich noch einmal um. Als sie sich davon überzeugt hatte, dass sie niemand beobachtete, deutete sie mit einem Kopfnicken auf eine schiefe Tür. Einar starrte sie unschlüssig an.

„Los, rein da!", zischte sie ungeduldig.

Erstaunt betrachtete Einar die Tür. Sie gehörte zu einem halb verfallenen Haus. Früher hatte es sicher genauso ausgesehen wie alle anderen. Jetzt aber waren die Wände bröckelig. Aus dem Putz stachen braune Ziegel. Einar war wie versteinert. Alles in ihm sträubte sich dagegen, hier einzutreten.

Erst ein erneutes Zischen von Minea trieb Einar vorwärts. Mit beiden Händen drückte er gegen die Tür. Staub rieselte herab. Aus dem Inneren schlug ihm eine unvermutete Kühle entgegen. Es roch nach trockenem Holz und Mäusekot. Odin drückte sich fest an Einars Bein. Auch ihm war nicht wohl.

Vorsichtig trat Einar ein. Hier drin war es so, wie er vermutet hatte. Ein Teil des Obergeschosses war eingestürzt. Wenigstens drangen durch den Spalt ein paar zarte Sonnenstrahlen herein. „Willst du uns beide umbringen?", schimpfte Minea. Leise schloss sie die Tür hinter sich. „Warum tust du nicht das, was ich dir sage?"

Einar schämte sich. Dunklen Gängen und unbekannten, verlassenen Häusern näherte er sich nun mal nur im äußersten Notfall. Und nie, ohne sich vorher genauer umzusehen. Aber als er sich bei Minea entschuldigen wollte, winkte das Mädchen ab.

„Ich kann dich ja verstehen. Als ich zum ersten Mal hier war, habe ich mir auch vor Angst fast ins Röckchen gemacht." Ihre Miene erhellte sich. Mit dem Arm machte sie eine ausladende Bewegung. „Willkommen in meinem Versteck!"

Einar sah sich um. Besonders begeistert war er nicht. Bis auf ein paar zersplitterte Bretter war der Raum leer. Die Mauer über der Feuerstelle war von Ruß geschwärzt. Eine Leiter, die früher wohl ins Obergeschoss geführt hatte, bestand nur noch aus ihren Streben und drei verlorenen Sprossen.

„Prima“, murmelt Einar ironisch. „Wieder eingesperrt!“ Sofort biss er sich auf die Lippen. Er wollte sich nicht über Mineas Geheimnis lustig machen. Wenn man sein ganzes Leben innerhalb von Stadtmauern verbringen musste, war ein verfallenes Versteck sicherlich kostbar wie ein Topf Gold.

Minea grinste vergnügt. Sie freute sich sichtlich, dass ihr Einar auf den Leim gegangen war. „Genauso belämmert muss ich auch ausgesehen haben, als mein Vater mich hierher gebracht hat!“

Einar riss die Augen auf. „Dein Vater hat dir das Haus gezeigt?“

Minea nickte. Sie begann, eine verwitterte Treppe in die Tiefe zu steigen. Die war Einar bislang gar nicht aufgefallen. „Wir sind nicht eingesperrt. Komm mit!“

Schnell nahm Einar Odin auf den Arm und folgte ihr. „Warte, Minea!“, rief er. Die Wände des Treppenschachts schluckten den Schall. Es wurde dunkel. Auf jeder Stufe tastete Einar mit seiner Fußspitze nach der nächsten Kante. Einmal trat er ins Leere und stolperte, fing sich aber gleich wieder.

Endlich ging es nicht mehr weiter. Er musste unten angelangt sein. Jetzt sah er gar nichts mehr. Es war stockdunkel. Odin schnüffelte verwirrt in alle

Richtungen. Minea raunte ihnen aus einer Ecke des Kellers etwas zu. Es klang weit entfernt.

„Hier bin ich. Brich dir nicht die Beine. Der Fußboden ist an manchen Stellen … ziemlich … uneben!"

Einar hatte Schwierigkeiten, sich zu orientieren. Wo war er hier? Ein eigentümliches Rieseln drang an sein Ohr. Es klang wie eine gigantische Eieruhr. Außerdem verwirrte ihn, dass er bei Minea zu Hause keine Treppe bemerkt hatte.

„Hat jedes Haus hier einen Keller?", fragte er.

„Nein", antwortete Minea dumpf. „Nur die ältesten. Aber den Grund dafür nenne ich dir lieber nicht. Wir sind sowieso gleich draußen."

„Zurück auf der Gasse?" Einar seufzte. Warum machte es Minea so spannend? Und was war das für ein merkwürdiger Raum? So ... eng und ... lang ...

„Nein!", antwortete sie. „Hast du dich nicht gefragt, wie mein Vater und ich nachts zu den Gräbern kommen konnten? Von diesem Keller aus führt ein Geheimgang ins Freie. Der einzige Weg aus dem Dorf, ohne von den Wachen gesehen zu werden!"

Verblüfft starrte Einar in die Dunkelheit. Darüber hatte er nicht eine Sekunde lang nachgedacht. Als ihm die Bedeutung von Mineas Worten klar wurde, zog sich sein Magen zusammen. Sie waren mitten in diesem Geheimgang! „Aber … Das ist doch viel zu gefährlich“, stammelte er.

Etwas klackte. Sand rieselte. Es wurde hell. Minea hockte auf dem Boden des Gangs, mitten in einem Sandhaufen. Vor ihr lagen zwei breite Bretter.

„Dann bleib eben hier“, sagte sie. Ehe Einar antworten konnte, war sie ins Freie gekrabbelt.

Seufzend warf Einar einen letzten Blick zurück. Sein Herz krampfte sich zusammen. Überall wimmelte es von Ratten. Mitten in einer Nische im Fußboden lag ein zusammengekauertes Skelett.

Kolosse

Minea hatte das Loch im sandigen Boden gründlich zugeschüttet. Nur ein dürrer Zweig markierte jetzt noch den Einstieg in den Keller. Für Unwissende musste er wie ein zufällig vorbeigewehter Ast aussehen. Der Gang endete nur wenige Meter von der Stadtmauer entfernt.

Jetzt liefen sie dem Nil entgegen. Trotz des heißen Sands kamen sie erstaunlich schnell voran. Einar drehte sich um. Das Dorf lag schon weit hinter ihnen. Niemand schien ihre Flucht bemerkt zu haben. Ihre Fußspuren würde bald der leichte Wind verwischen.

Als auch die höchsten Dächer der Totenstadt im flirrenden Sonnenlicht verschwunden waren, erzählte Minea: „Solange mein Volk sich erinnern kann, glauben wir schon, dass die Toten einen schönen Platz brauchen. Ihre Seelen sind zwar bei Amun-Re, aber für ihre Körper müssen wir sorgen. Reiche Leute bauen ihnen schmuckvolle Gräber. Statuen sollen an die Verstorbenen erinnern. Sie müssen täglich gefüttert werden.“

Einar hörte gebannt zu. Vor ihnen tauchte ein gewaltiger Tempel auf. „Aber … sie essen doch nicht wirklich?“, fragte er zögernd.

Minea lachte. „Natürlich tun sie das! Und was sie übrig lassen, dürfen die Priester verspeisen!“

Einar verstand. Es war offensichtlich ein Weg, die vielen Tausend Priester zu ernähren, ohne sie von Spenden abhängig zu machen.

„Aber nicht jede Familie kann sich diese teuren Bauten leisten. Früher wurden viele Tote in der Wüste verscharrt. Andere begruben sie dort, wo sie am besten für sie sorgen konnten: in oder neben ihrem Haus. Dort konnten sie die Lebenden beschützen. Die Hitze des Sandes sorgte außerdem dafür, dass sie nicht verwesen. So kamen unsere Priester vor langer, langer Zeit auf die Idee, die Körper der Toten künstlich zu konservieren. Du hast sicher schon von den Mumien gehört?“

Einar nickte. Trotz der Hitze lief ihm ein kalter Schauer über den Rücken. Er hatte ein paar Gruselfilme gesehen, in denen wiedererweckte Mumien die Hauptrollen spielten. Auch wenn er wusste, dass diese Geschichten nur ausgedacht waren, spukten sie jetzt in seinem Kopf herum.

Minea stoppte. „Jetzt sind wir endgültig in Sicherheit“, meinte sie erleichtert. Sie waren vor dem gigantischen Tempel angekommen. Riesige Reliefs schmückten seine Mauern. Die Bilder zeigten einen Pharao auf seinem Streitwagen. Neben den Pferden lief brav ein Löwe her – wie ein Jagdhund! Rund um den Vorplatz waren mannshohe Statuen aufgestellt. Ein Pharao mit Krone. Ein Pharao mit einem Falken auf der Schulter. Ein kniender Pharao vor dem Thron des Sonnengottes. Und überall wimmelte es von Menschen. Priester in feinen weißen Gewändern liefen umher. Bauern in derber Kleidung brachten ihnen Früchte, körbeweise Obst und lebende Tiere. Sicherlich waren diese Gaben als Opfer gedacht.

„Das ist der Totentempel von Amenophis III.“, sagte Minea mit ehrfurchtsvoller Stimme. Still verneigte sie sich dreimal zur Mitte des Tempels hin. „Er war ein guter Pharao für unser Land, fast 40 Jahre lang!“

Einar betrachtete die Inbrunst der Pilger. Viele warfen sich vor den Priestern in den Sand. Einige küssten ihre Gewänder. „Und jetzt ist er gestorben?“, fragte er.

Minea schüttelte den Kopf. „Nein. Er ist schon über hundert Jahre tot. Aber die Menschen hier verehren ihn noch immer. Schließlich war er ein Gott!“

Einar merkte, wie er rot wurde. Dass Könige mit Göttern gleichgesetzt wurden, daran würde er sich nie gewöhnen. Aber anders waren diese gewaltigen Bauwerke kaum zu erklären. Einar schüttelte verblüfft den Kopf bei dem Gedanken, dass die Arbeiter all das natürlich ohne Bagger und Kran geschaffen hatten.

Auch das, was er nun sah, war einfach unglaublich: Ein Stück vom Tor entfernt hockten zwei steinerne Riesen vor dem Tempel. Wie unermüdliche Wächter schienen sie jede Bewegung im Tal zu beobachten.

„Zweimal Amenophis“, erklärte Minea. „Ihr Anblick hat noch jeden Feind vertrieben!“

Aber der Tempel war nicht Mineas Ziel. Sie lief weiter Richtung Fluss. Der Untergrund wurde mit jedem Schritt schlammiger. Am Ufer des Nils angekommen, teilte Minea mit ihren Armen die Binsen zu einer Gasse. „Na also!“, rief sie zufrieden.

Einar blickte ihr über die Schulter. Im Dickicht des Schilfs lag ein schmales Boot. Es bestand vollkommen aus Papyrus. Heck und Bug waren weit nach oben gebogen. Es sah aus wie eine überdimensionale Banane.

Minea löste die Leine, mit der das Boot angebunden war, und schob es rasch ins Wasser. Offensichtlich wollte sie keine Zeit verlieren. Die Sonne stand nun schon fast senkrecht am Himmel.

Schnell hob Einar Odin ins Boot und packte mit an. Die harten Fasern des Papyrus schnitten ihm in die Finger. Als ihnen das Wasser schon bis zur Hüfte stand, zogen sie sich an Bord. Minea griff zu einer langen Stange und begann, das Boot vorwärts zu staken. Sie glitten ruhig durch das Wasser. Schnell kamen sie der Flussmitte näher. Mit Schrecken musste Einar an die Krokodile denken, die hier lebten.

„Du brauchst keine Angst zu haben, Einar!", versuchte Minea, ihn zu beruhigen. „Ich fahre diese Strecke jede Woche. Bisher bin ich noch immer drüben angekommen!"

Plötzlich ging ein Ruck durch das Boot. Es stand quer zur Strömung! Minea stemmte sich mit aller Kraft gegen den Stab. Einar las Verblüffung in ihren Augen.

„Hier ist die Nilströmung immer am stärksten", presste sie hervor. „Normalerweise … schaffe ich … die! Aber … sonst bin ich ja auch … allein im Boot!"

Es schaukelte gefährlich. Einar klammerte sich an

den Seiten des Boots fest. Odin rollte sich auf dem Boden zusammen. Er fiepte ängstlich. In diesem Moment brach Mineas Stecken. Sie stieß einen überraschten Schrei aus. Wild ruderte sie mit den Armen in der Luft. An ihrer linken Hand hatte das splitternde Holz eine Wunde gerissen. Blut tropfte ins Wasser. Dann verlor Minea das Gleichgewicht und fiel auf Einar.

Sofort riss die Strömung das Boot herum. Es neigte sich tief zur Seite. Einar schluckte. Es gab Räuber, die diese Bewegungen im Wasser deuten konnten: Verletzte Beute! Mit rasendem Herzen schielte er über den Bootsrand.

Sechs lange grüne Leiber durchschnitten den Nil. Sie kamen direkt auf das taumelnde Boot zu.

Ein alter Bekannter

Mit schnellen Schwanzschlägen näherten sich die Krokodile. Einar ging ein Film über Haie durch den Kopf. Wenige Tropfen Blut reichten aus, um sie in einen wahren Fressrausch zu versetzen. Verhielten sich Krokodile ähnlich?

Einar schauderte.

Nimm dich zusammen und denk nach!, beschwor er sich. Wie kann ich uns retten?

Die Strömung riss sie nun erbarmungslos mit sich. Der Nil führte viel Wasser. Wie ein Blatt trieb das Boot vorwärts. Trotzdem kamen die Rücken der Krokodile immer näher. Minea kauerte im Rumpf. Mit ihrer unverletzten Hand streichelte sie über Odins Fell. Die Augen starrten ins Leere.

Wenn wir nur einen Helfer hätten!, dachte Einar. Aber die Fischer in den Segelschiffen hatten ihre Not noch nicht erkannt.

„Hilfe!“, rief Einar. „Hilfe!“

Unvermittelt tauchten die Raben vor ihm auf. Verwirrt und erschrocken blickten sie auf das trudelnde Boot hinab.

Einar hatte eine Idee. Schnell griff er zu der Leine am Bug, mit dem Minea das Boot im Schilf festgebunden hatte.

„Nehmt es!", brüllte er gegen das Rauschen des Flusses an. „Alle beide! Und zieht!" Verzweifelt warf er das Seilende in die Luft. Es war zu kurz. Munin schnappte vergeblich danach. In einem waghalsigen Manöver gelang es ihm aber, auf dem schlingernden Papyrusbug zu landen. Vorsichtig wackelte er dem Seil entgegen.

„Ich hab's!", krächzte er. Mit kräftigen Flügelschlägen hob er ab.

Hugin kam seinem Bruder zu Hilfe. Mit seinen Krallen umklammerte er den Strick und zog.

Einar schnappte sich den abgebrochenen Stock. Wütend schlug er damit auf das Wasser ein. Die Krokodile blieben tatsächlich in sicherer Entfernung. Doch sie folgten ihnen weiterhin.

Ungeduldig tauchte Einar den Stock in den Nil. Er spürte, wie die Spitze den Grund berührte. So fest er konnte, stieß er sich ab. Das Boot drehte sich ein Stück. Der Bug zeigte nun wieder zum Ufer. Vor ihm bemühten sich die Raben nach Leibeskräften. Täuschte er sich, oder kamen sie dem gegenüberliegenden Schilfstreifen tatsächlich näher? Wieder stach er in den Schlamm.

„Weiter!“, rief er. „Weiter!“

Kurz darauf erreichten sie die Binsen. Sie waren am rettenden Ufer! Die Krokodile drehten ab. Erschöpft ließ sich Einar neben Odin fallen. Keuchend rang er nach Luft.

„Sieh da, was das Menschlein doch für Kraft hat!“, krächzte Hugin. Einar war richtig froh, seinen geflügelten Freund wieder spotten zu hören. Das bedeutete nämlich, dass sie in Sicherheit waren.

Minea drückte ihm einen Kuss auf die Wange. „Danke“, sagte sie matt. „Jetzt komme ich doch noch pünktlich zu meiner Verabredung!“

Einar lachte. „Verlierst du deine gute Laune eigentlich nie?“, fragte er.

Minea lachte auch. „Nie!“, antwortete sie. „Und jetzt komm! Wir sind da!“

Hugin klapperte mit dem Schnabel. „Ich hoffe, du kannst die nächste Zeit selber auf dich aufpassen, Menschlein“, frotzelte er. „Wir müssen uns nämlich mit ein paar Ähren belohnen. Der ägyptische Weizen soll ja der beste sein!“ Krächzend erhoben sich die beiden Raben vom Boot.

„Danke!“, rief ihnen Einar nach. „Ohne euch hätte es auch das stärkste Menschlein nicht geschafft!“

Mühsam rappelte er sich auf. Von der ungewohnten Anspannung schmerzte ihm jeder Muskel im Leib. Umso erschrockener war er, als er über den Rand des Boots hinaussah. Sie waren direkt vor dem Tempel gelandet, dessen unfreundliche Wachen Einar schon kennengelernt hatte. Und Minea ging schnurstracks auf ihn zu.

Mit einem Satz war Einar an Land. „Wo willst du hin?“, fragte er aufgebracht. „Sag mir doch endlich, wen du treffen musst!“

Minea lächelte und schwieg. Odin auf ihrem Arm ließ sich genießerisch von ihr kraulen. Einar seufzte. Ihr Weg führte an einer großen Halle vorbei. Laute Gesänge klangen zu ihnen herüber. Dutzende Stimmen wiederholten die Worte eines Vorbeters. Dumpf wurde eine Art Gong geschlagen.

Ein Stück weiter waren Arbeiter dabei, eine prachtvolle neue Mauer zu errichten. Staunend registrierte Einar, dass sie ähnliche Werkzeuge benutzten wie Handwerker auf einer Baustelle der Gegenwart: Hammer, Meißel, Falllot und Steinsägen. Neben ihnen im Schatten hockte ein Schreiber und notierte jeden Arbeitsfortschritt. Am Anfang der Wand begannen Zeichner bereits damit, die Umrisse von Göttern auf den Putz zu übertragen. Einar wollte Minea darauf aufmerksam machen, aber sie drehte absichtlich den Kopf weg.

Er startete einen neuen Versuch. „Minea, bitte, es wäre wirklich nett, wenn du mir endlich sagen würdest, mit wem du verabredet bist!"

Vor einer Statue eines Menschen mit einem Vogelkopf blieb Minea endlich stehen. „Du bist zu ungeduldig, Einar", sagte sie lächelnd. „Warum erzürnst du Thot mit deinem Geschrei?"

Einar wollte sich gerade verteidigen, als er stockte. Den Satz hatte er doch schon einmal gehört? Ziemlich genau an dieser Stelle. „Du meinst Amun-Re?", vergewisserte er sich.

Minea schüttelte den Kopf. „Nein, ich meine Thot. Du erkennst ihn an seinem Ibiskopf. Er ist der Gott der Wissenschaft und Weisheit. Er war es, der den Menschen die Schrift gebracht hat. Und hier ist auch mein Treffpunkt!"

Einar war erleichtert. Endlich würde er erfahren, warum Minea so ein Geheimnis aus diesem Treffen machte.

Neugierig betrachtete Einar den Weg zum Tempel. Die Pflastersteine waren so dicht gelegt, dass kein Blatt Papier in die Fugen gepasst hätte. Plötzlich zuckte er zusammen. Über den Weg kam ein Mann in einem bodenlangen Gewand auf sie zu. Über seinen Schultern lag ein Leopardenfell. In der rechten Hand hielt er einen verzierten Stab. Einar erkannte ihn sofort wieder: Es war der Priester, der ihn aus dem Tempel gewiesen hatte! Ein zweites Mal würde er ihn sicherlich nicht ungestraft gehen lassen.

„Schnell, Minea!“, zischte er. „Wir müssen verschwinden!“

Unterricht im Tempel

Schnell versteckte sich Einar hinter der Thot-Statue. Da geschah das Unglaubliche: Minea fiel dem Priester um den Hals!

„Ich hoffe, ich bin nicht zu spät!“, hörte Einar sie sagen. „Aber ich habe einen Freund mitgebracht. Er ist manchmal etwas … ängstlich!“

Einar spürte, wie sie nach ihm tastete. Als sie seine Schulter gefunden hatte, umfasste sie seinen Oberarm und zog ihn aus seinem Versteck. Einar stand dem Priester gegenüber. Wieder war er fasziniert von den durchdringenden Augen des Mannes. Er schien nicht erstaunt, Einar wiederzusehen.

„Er ist auch mein Freund“, sagte der Priester lächelnd. „Wissbegierige Menschen sind mir immer willkommen!“

Er wandte sich um und ging den Weg zum Tempel zurück. Einar steckte Odin in seine Tasche und folgte ihm. Minea starrte ihn fragend an.

„Wir sind uns bereits begegnet“, erklärte er. „Ich habe von ihm gelernt, dass nur Priester den Tempel betreten dürfen!“

Mineas Miene hellte sich auf. „Ja, Useramun ist ein guter Lehrer. Und ein guter Zuhörer. Wir haben uns in der Nacht des Begräbnisses meiner Eltern kennengelernt."

Der Priester lächelte. „Man könnte auch sagen, sie hat mir keine Möglichkeit gegeben zu reden. Wie der Nil bei Hochwasser sprudelten die Worte aus ihrem Mund. Vor allem erzählte sie von ihrem Wunsch, eine Malerin zu werden wie ihr Vater!"

Der Priester verließ den gepflasterten Weg und ging auf ein paar Hütten zu, die außerhalb der Tempelmauer standen.

„Useramun?", traute sich Einar zu fragen. „Das klingt schön. Bedeutet das etwas?"

Der Priester nickte. „Stark ist Amun, heißt es."

„Wie ein Pharao hat er bei der Aufnahme in die Priesterschaft einen neuen Namen bekommen", fügte Minea hinzu. „Unser göttlicher Pharao hat unzählige Namen. Den Eigennamen, außerdem Thronnamen, Horusnamen, Goldnamen und Nebtinamen."

Der Priester legte zwei Finger auf ihren Mund. „Schweig jetzt! Meine Hütte darf auch von ungeweihten Menschen betreten werden, aber der Oberpriester sieht es nicht so gerne. Er muss euren Besuch nicht unbedingt bemerken!"

Useramun öffnete die Tür und wies mit ausgestrecktem Arm hinein. „Bereite alles vor, Minea. Ich bin gleich bei euch!“ Lautlos verschwand er zwischen den Hütten.

Einar trat ein und sah sich um. Neugierig reckte auch Odin seinen Kopf aus der Tasche. An einer Wand lag eine dicke Matratze, vermutlich Stroh in einer Leinenhülle. Daneben standen eine Schale mit Datteln und ein Krug Wasser. In einer kleinen Kiste steckten Papyrusrollen. Zwei Bastmatten lagen auf dem Boden, ansonsten war der Raum leer.

Minea hockte sich auf eine der Matten. Einar setzte sich im Schneidersitz neben sie. Odin schnüffelte an den Datteln herum. Einar rief ihn zu sich. Gehorsam rollte sich der Hund in seinem Schoß zusammen.

Aus den Tiefen ihrer Tasche kramte Minea ein seltsames Brett hervor. Es war etwa doppelt so lang wie breit, in zwei Mulden klebten eine rote und eine schwarze Masse. Mit geübten Handgriffen träufelte Minea etwas Wasser darüber und verrührte es mit einem angespitzten Binsenstängel. Dickflüssige Farbe entstand.

„Was guckst du so?“, fragte Minea überrascht. „Hast du noch nie das Werkzeug eines Schreibers gesehen?“

Ehrlich schüttelte Einar den Kopf.

„Das muss ein komischer Ort sein, wo du herkommst!“, murmelte sie. „Also gut, ich erkläre es dir. Schreiber ist der angesehendste Beruf in Ägypten. Alles muss schließlich aufgeschrieben werden: Verträge, Kornrationen, Tributzahlungen der unterworfenen Länder, Erntemengen, und und und. Dafür benutzen die Schreiber die Schriftsprache. Mit der lässt sich alles schneller und genauer notieren.“

Minea tauchte die angespitzte Binse in die schwarze Farbe. Während ihre Hand über ein Stück Papyrus flog, entstanden darauf längliche Buchstaben. Fast wie unsere Schreibschrift, dachte Einar – nur dass Minea von rechts nach links schrieb.

„Um das zu lernen, habe ich nicht mehr als zwei Monate gebraucht“, erläuterte Minea stolz. „Aber für die Schrift der Gottesworte benötige ich fünf Jahre. Wenn ich fleißig bin!“

Einar schluckte. Fünf Jahre! Er hatte natürlich schon Abbildungen von Hieroglyphen in Büchern gesehen. Auch seit seiner Ankunft waren sie ihm auf jedem Mauerstein begegnet. Aber fünf Jahre! Das war eine lange Zeit.

Als er von Mineas Papyrus wieder aufsah, stand Useramun vor

ihm. Er gab Einar eine Schreibpalette und ein paar Blätter Papier. Nein, Papyrus!, verbesserte sich Einar. Das dünne Material aus verklebten Papyrusstreifen war ein Vorläufer des Papiers. Und das Wort Papier stammte von dem ägyptischen Papyrus ab! Diese Kultur hatte also noch mehr hinterlassen als ewige Bauwerke.

Der Priester hockte sich vor Minea und öffnete ihre Hand. Mit zwei Fingern drückte er einen Kräuterbrei auf die Wunde, die das zersplitterte Ruder gerissen hatte. Dann wickelte er einen Streifen Leinen darum. Ohne weiteren Kommentar stellte er eine Schale mit Fleischresten vor Odin ab. Dann hockte er sich auf

seine Matratze. Während Odin zaghaft zu kauen anfing, begann der Unterricht.

„Waw", sagte Useramun. Mit ein paar Schwüngen zauberte er ein Küken auf seinen Papyrus. Minea machte es ihm geschickt nach. Einar gab sich alle Mühe. Aber das Küken sah wie ein geschwollener Gockel aus.

„Aleph!" Wieder ein Vogel. Diesmal ein Geier.

Einar malte einen Storch mit geknicktem Bein. Nachdem er auch noch ein windschiefes Haus hingekritzelt hatte, gab er auf. Minea aber zeichnete mit erstaunlicher Geschwindigkeit alles nach, was der Priester ihr vormachte: Eine Kobra, ein Bein, ein ausgestreckter Arm, gekräuseltes Wasser, einen Unterstand, gefalteten Stoff, Augen und Köpfe.

Je länger Einar den beiden zusah, desto genauer verstand er. Die Hieroglyphen konnten einzelne Laute darstellen, aber auch mehrere. Manche standen für ganze Wörter, andere konnten mehrere Bedeutungen haben. Eine gemalte Sonne konnte Sonne, aber auch Tag bedeuten.

Einar schwirrte noch der Kopf, als er hinter Minea wieder aus dem Boot stieg und in Richtung Totenstadt lief. Plötzlich gefror das Lachen seiner Freundin zu

Eis. Der dürre Stab, der den geheimen Eingang markierte, steckte schief im Sand. Besorgt sah Einar sie an.

„Welches Tier hat sich daran gerieben?“, murmelte Minea. „Hoffentlich kein Löwe! Ab und zu verirren sie sich noch ins Tal und reißen die Ziegen der Bauern!“

Hastig schaufelte sie mit beiden Händen den Sand zur Seite. Einar half ihr. Einem hungrigen Löwen wollte er nicht unbedingt begegnen.

Als sie den Tunnel freigebuddelt hatten, erkannte Einar, dass ein viel schlimmeres Raubtier sie aufgespürt hatte: Im Geheimgang stand Manabi mit seinen Soldaten.

„Die Grabräuber sind zurück!“, keifte er. „Schnappt sie euch!“

Das Haus des Todes

Ohne nachzudenken schleuderte Einar Manabi eine Handvoll Sand in die Augen. Dann rannte er los. Minea hatte ihn schnell eingeholt.

„Das war mutig!“, keuchte sie. „Und ich habe geglaubt, du wärst ein Angsthase!“

Wenn du wüsstest!, dachte Einar. Sein Herz klopfte wie eine kaputte Dampfmaschine. Er hörte, wie sich die Soldaten fluchend aus dem Gang herauskämpften. Dann surrte etwas durch die Luft. Links und rechts neben ihnen bohrten sich spitze Pfeile in den Boden. Doch ihr Vorsprung war schon zu groß. Erleichtert sah Einar, dass auch Odin unverletzt war. In großen Sprüngen jagte er ihnen hinterher.

Als sie die Felder erreichten, bog Minea nach rechts ab. Hinter ihnen schlugen weitere Pfeile ein.

„Ich weiß, wo wir uns verstecken können“, japste sie. Sie rannte auf ein breites Gebäude zu. Erst beim Näherkommen fiel Einar auf, dass es kein richtiges Haus war. Eine Mauer umgab ein großes Gelände. Nur teilweise wurde es von einem Strohdach bedeckt.

Auf der Mauer saßen die Raben. Mit den Schnäbeln deuteten sie auf einen Eingang. Davor lehnten zwei Wachen im Schatten von zwei Palmen. Als ein Junge mit einer Steinschleuder erschien, schwangen sich die Vögel in die Luft.

Einar spürte, dass Minea zögerte.

„Das ist das Haus des Todes“, sagte sie außer Atem. „Aber uns bleibt keine Wahl!“

Einar zuckte zusammen. Haus des Todes! Das hörte sich nicht gerade nach einem gemütlichen Unterschlupf an!

Als sie nur noch wenige Schritte vom Tor entfernt waren, kreuzten die Wachen ihre Speere.

„Der Oberpriester hat uns bestellt!“ Minea hatte sichtlich Mühe, ihre Angst zu verbergen. „Wir sollen heute die Raubvögel und Katzen verjagen!“

Die Wachen nickten sich zu und traten zur Seite. Einar warf den Kopf herum. Die Soldaten von Manabi waren noch nicht zu sehen. Jeden Augenblick konnten sie zwischen den Kornähren auftauchen.

Als die Wachmänner Odin entdeckten, schüttelten sie die Köpfe. „Euer Hund muss draußen bleiben!“, schimpfte der kleinere.

Einar kniete sich zu Odin in den Sand. „Schnell!

Lauf hinter Hugin und Munin her", flüsterte er ihm ins Ohr. „Sie werden auf dich aufpassen, bis wir in Sicherheit sind!" Er drückte dem Foxterrier zum Abschied einen Kuss zwischen die Ohren. Odin sah ihn traurig an. Dann rannte er an der Mauer entlang, den Raben hinterher.

Schweren Herzens eilte Einar an den Wachen vorbei, hinein in einen hohen Raum. Männer in weißen Kleidern saßen an hölzernen Tischen. Manche beschrieben endlose Papyrusrollen. Andere sortierten eine Art Archiv. Überall an den Wänden lehnten Statuen von Göttern. Einar erkannte Thot, den Ibis, und Amun-Re. Schaudernd betrachtete er eine Statue mit dem Kopf eines Schakals, die vor einem Vorhang stand. Als sich die Figur plötzlich bewegte, schrie Einar auf. Die Schreiber hoben ihre Köpfe.

„Das ist doch ein Priester", zischte Minea. „Er trägt die Maske von Anubis, dem Gott der Unterwelt. Bei jedem Begräbnis ist er anwesend."

Einar schüttelte sich. „Wo sind wir hier?", fragte er mit zitternder Stimme.

„Das habe ich doch gesagt", flüsterte Minea. „Das ist das Haus des Todes. Hierher bringen wir unsere Toten. Innerhalb von 70 Tagen verwandeln die Priester sie in Mumien!"

Bestialischer Gestank kroch ihm in die Nase. Wie

eine dicke Wolke hing er über dem Gelände. Einar begriff. Deshalb auch der Junge mit der Steinschleuder. Jemand musste die Aasfresser verjagen, die der Geruch von verwesendem Fleisch anlockte.

Ihm wurde übel. Sollte er wirklich durch den Vorhang gehen? Was für grausige Bilder erwarteten ihn dort? Ein Tumult am Eingang nahm ihm die Entscheidung ab. Manabis Soldaten waren offensichtlich eingetroffen! Noch hatten sie den Wachleuten nicht erklärt, warum sie die Ruhe des Hauses stören wollten.

Einar hielt die Luft an. Dann schlug er den Vorhang zur Seite. Schon nach wenigen Schritten stolperte er über eine Holzkiste.

„Pass auf", raunte ihm Minea zu. „Die Toten sind uns heilig. Du solltest nicht auf sie drauftreten!"

Einar merkte, wie sich die feinen Härchen auf seinen Armen aufrichteten. Die Kiste war ein Sarg! Und daneben standen noch viele weitere in einer langen Reihe! Einar wollte nur weg von hier!

Durch ein breites Tor wehte Kräuterduft zu ihnen hinüber. Einar steckte den Kopf hinein – und zog ihn schnell zurück. Er hatte genug gesehen! Auf einem Steintisch lag ein nackter Mann. Die Priester waren dabei, ihm durch eine Öffnung im Bauch die inneren Organe zu entnehmen.

Schnell lief Einar hinter Minea her. Hoffentlich fand sie bald den Ausgang! Auf Dutzenden von Tischen lagen Menschen in unterschiedlichen Stadien der Mumifizierung. Priester salbten sie, füllten ihre Körper mit Stoffsäckchen, wendeten sie in einem salzartigen Pulver.

Einars Magen zog sich zusammen. Übelkeit übermannte ihn. Schnell drehte er sich um. Auf der anderen Seite des Geländes waren Männer dabei, Mumien in kilometerlange Stoffbahnen zu wickeln. Ihr Anblick war weniger schockierend – aber Leichen blieben es doch.

„Da, ein Versteck!“ Minea zeigte auf zwei leere Tische. Ehe Einar protestieren konnte, ging Minea mit eiligen Schritten auf eine der Platten zu. Sie will sich doch nicht wirklich …?, schoss es Einar durch den Kopf.

Plötzlich ertönte ein Schrei. Eine wilde Katze war von der Mauer heruntergesprungen. Fauchend landete sie zwischen den Mumien. Sofort griffen die Priester nach langen Stangen und jagten ihr nach.

„Jetzt!“, flüsterte Minea. Rasch warf sie sich ein Leinentuch um und kroch auf einen der Tische. Sie war von den anderen Mumien nicht mehr zu unterscheiden. Einar hatte keine Wahl. Er kletterte auf den freien Arbeitsplatz neben ihr und deckte sich ebenfalls zu. Das Tuch hielt die Außenwelt mit ihren grausigen Bildern von ihm ab. Er versuchte sich einzureden, dass er in seinem Bett in Norwegen lag. Gleich würde seine Mutter kommen und ihn mit einer Tasse Erdbeertee wecken. Der Gedanke an seine Eltern beruhigte ihn etwas. Doch dann hörte er Stimmen.

„Grabräuber, sagt Ihr?", knurrte ein Mann missmutig. „Hier bei uns?"

Eine andere Stimme antwortete. Einar erkannte sie. Es war Manabi. „Grabräuber, richtig! Und meine Männer haben ihre Spur vor Eurem Haus verloren. Sie müssen hier sein!"

Einar hielt es nicht mehr aus. Vorsichtig schielte er unter seinem Tuch hindurch. Manabi stand bei dem Priester mit der Schakalmaske. Anubis, der Gott der Unterwelt.

„Dann seht euch um“, sagte Anubis knapp. „Aber wagt es nicht, die Toten anzufassen! Sie würden Euch für den Rest des Lebens nicht in Ruhe lassen!“

Zitternd ließ Einar den Stoff wieder über sein Gesicht gleiten. Zusätzlich schloss er die Augen.

Als Einar schon dachte, die Soldaten hätten das Haus verlassen, knirschte es plötzlich im Sand neben seinem Tisch. Die Priester waren alle barfuß, fiel ihm siedend heiß ein. Ihre Schritte machten kein Geräusch. Es musste Manabi sein.

„Verflucht!", brüllte Manabi. Ein Tongefäß fiel zu Boden und zerplatzte. „Sie sind uns entkommen!"

„Verlasst sofort diese heilige Stätte", schnauzte ihn Anubis mit scharfer Stimme an. „Ihr seid nicht besser als die räudigen Hunde, die uns um das faule Fleisch anwinseln!"

Einar hörte Manabi knurren. Dann entfernten sich die knirschenden Schritte.

Manabi waren sie los, aber wenn der Anubis-Priester feststellen sollte, dass zwei seiner Mumien sich bewegten, würde sein Zorn keine Grenzen kennen.

Wie sollten sie bloß unbemerkt von diesen Tischen wieder herunterkommen?

Ein furchtbarer Verdacht

Auf einmal riss Einar ein bekanntes Krächzen aus seinen Gedanken. Hugin und Munin flatterten über das Haus des Todes. Die Arbeiter um ihn herum wurden unruhig.

Warum schreien die beiden nur so laut?, dachte er. Dann werden doch alle Männer auf sie aufmerksam! Eine Sekunde später wurde ihm klar, dass sie genau das beabsichtigten! Die beiden Raben waren gekommen, um ihnen zu helfen.

Mit einem Ruck riss sich Einar das Tuch vom Körper. Die Priester starrten tatsächlich alle in den Himmel. Einige von ihnen hoben Steine auf und schleuderten sie hinter den Vögeln her.

„Los, Minea, schnell!" Einar stand am Nachbartisch. Minea rührte sich nicht. „Wir müssen weg!"

Ungeduldig rüttelte er an Mineas Arm. Das Tuch glitt lautlos zu Boden. Einar starrte in das zerknitterte Gesicht einer Mumie!

„Komm schon!", tönte es hinter ihm. „Hier lang!"

Minea glitt von dem anderen Nebentisch und griff nach ihrer Tasche.

Einar schloss die Augen und atmete tief durch. Stolpernd folgte er Minea durch einen Seiteneingang nach draußen. Er blickte über die Felder. Von ihren Jägern war keine Spur zu sehen. Doch das war kein Grund, sich in Sicherheit zu wiegen. So viel war klar. Schon bald würde jeder Soldat der Gegend nach ihnen suchen. Ein schlimmeres Verbrechen als Grabraub gab es kaum.

Ein Fiepen verjagte seine dunklen Gedanken.

„Odin! Mein Süßer!", jauchzte Einar. Odin sprang in seine ausgebreiteten Arme. Einar vergrub sein Gesicht in dem wuscheligen Fell. „Sei froh, dass du draußen bleiben durftest", murmelte er. „Ich werde sicher noch Wochen von diesem gruseligen Ort träumen!"

Minea räusperte sich. „Ich störe euer Wiedersehensfest ja nur ungern", sagte sie. „Aber ich habe eine Idee, wo wir uns vor den Soldaten verstecken können." Sie kicherte.

Gespannt lief Einar neben ihr her. „Und wo? Verrat's mir doch!"

Minea ging weiter, als hätte sie ihn gar nicht gehört. Einar erkannte den Weg. Er führte zurück zu dem Amenophis-Tempel. Vor den sitzenden Steinriesen blieb Minea stehen.

„Du weißt, dass ich Abenteuer liebe“, sagte sie. „Ich bin schon einmal hinaufgeklettert. Am hellichten Tag!“

Fassungslos starrte Einar an der Statue empor. Sie hatte die Höhe eines dreistöckigen Hauses – mindestens!

„Da bringen mich keine zehn Krokodile hoch!“, protestierte er. „Außerdem sind hier überall Pilger. Wenn die sehen, wie wir auf dem heiligen Pharao herumturnen, sind wir geliefert!“

Minea lachte schallend. „Bist ja doch ein Angsthase, Einar!“, antwortete sie. „Wenn wir erst mal oben sind, entdeckt uns niemand. Dann sind wir wie unsichtbar. Vor Amenophis beugt jeder sein Haupt. Wir müssen nur den richtigen Zeitpunkt abpassen.“ Minea sah sich um. „Und der ist jetzt!“

Schon sprang sie auf den Fuß des Riesen. Mit kräftigen Zügen kletterte sie am Schienbein hinauf. Augenzwinkernd schaute sie zu Einar hinunter.

„Los! Da vorne kommen Leute!“

Einar seufzte. Ihm blieb keine Wahl. Schnell setzte er Odin wieder in seine Tasche und drehte sie auf seinen Rücken. Wenigstens sein Hund sollte keinen Schaden nehmen. Schlimm genug, dass sein Herrchen sich auf so eine gefährliche Klettertour einließ.

Einar stellte fest, dass seine nackten Füße sehr gut

auf dem Stein Halt fanden. Erstaunlich schnell war er am Knie der Figur angekommen. Minea half ihm von oben auf dem letzten Stück.

Erschöpft rollte sich Einar auf die waagerechten Oberschenkel der Götterstatue. Nach einer kurzen Verschnaufpause schielte er vorsichtig in die Tiefe. Ihn schauderte. Das waren bestimmt zehn Meter! Doch auch wenn es ihm schwerfiel, es zuzugeben, hatte Minea ein perfektes Versteck ausgewählt. Wenn sie sich flach auf die Beine des Riesen legten, waren sie von der Straße aus nicht zu sehen. Selbst wenn die Pilger nach oben schauten. Einar kicherte. Sie waren sicher wie in Amenophis' Schoß!

Minea streckte sich aus. Sie verschränkte die Hände hinter dem Kopf. Einar legte sich neben sie. Er blickte in die Tiefe. Weit unter ihnen zogen Bauern zum Markt. Priester kamen von einem Bad im Nil zurück. Pilger schafften Opfergaben zum Tempel. Er drehte sich wie Minea auf den Rücken und blickte gedankenversunken in den Himmel. Über ihnen wanderte die Sonne langsam zum Horizont. Einar zermarterte sich das Hirn. Wie sollten sie nur beweisen, dass sie keine Grabräuber waren? Minea konnte schließlich nicht für immer vor den Soldaten fliehen. Er hoffte im Stillen, dass wenigstens die Einwohner des Dorfes wieder Essen bekamen. Jetzt, wo die angeblichen Diebe ja bekannt waren, doch er zweifelte daran.

Dann tauchten die Toten wieder vor seinen Augen auf. „Eine Sache geht mir nicht aus dem Kopf", sagte er zögernd. „Im Haus des Todes. Die Priester haben einem Mann die Organe herausgenommen. Ist das nicht Leichenschändung?"

Minea sah ihn belustigt an. „Wie kommst du denn da drauf? Leber, Lunge, Magen und Darm werden in Kanopen gelegt. Das sind Krüge aus Stein oder Ton. Sie kommen mit ins Grab!"

Einar durchzuckte es. „Tonkrüge? So was wie das hier?" Behutsam holte er das Gefäß aus seinem Rucksack, das er in der Camargue ausgegraben hatte.

Minea betrachtete es kritisch von allen Seiten. „Ja", bestätigte sie schließlich. „So ungefähr sehen die Kanopen aus. Nur ein bisschen schöner bemalt!" Sie seufzte.

Ungewollt hatte sie Einar wohl wieder an ihren Wunsch erinnert. „Kann denn Useramun nicht dafür sorgen, dass du Tempelmalerin wirst?", fragte er vorsichtig.

Traurig schüttelte Minea den Kopf. „Nein. Er kann mich nur ausbil-

den. Mir die Schrift der Gottesworte beibringen. Aber um eine Frau zum Tempelmaler zu machen, benötigt man die Einwilligung des Wesirs. Und die müsste mein Bruder beantragen.“

Die Dunkelheit brach plötzlich herein. Innerhalb kürzester Zeit war der Abend in die Nacht übergegangen. Einar wunderte sich, wie kalt es wurde. Mitten in der Wüste.

„Hier können wir nicht ewig bleiben“, erinnerte er Minea. „Aber ich kenne einen Ort, den niemand betreten kann, der mir etwas Böses will. Es ist nicht weit, eine kleine Insel im Nil. Dort können wir uns ausschlafen.“

Die sonst so fröhliche Minea nickte kraftlos.

Als Einar seinen Fuß über Amenophis’ Knie schob, ertönte weit unter ihm ein Zischen.

„Hey, Manabi! Seid Ihr das?“

Einar merkte, wie ihm der Schweiß ausbrach. Hatten die Soldaten sie doch gefunden? Instinktiv zog er sein Bein zurück.

„Nein“, sagte eine andere Stimme jetzt. „Noch muss Manabi die Auspeitschung der Bewohner der Totenstadt beaufsichtigen. Sie sollen ihm verraten, wo die kleine Kröte das Gold versteckt hat!“

Hastig warf Einar den Kopf herum. Minea schossen die Tränen in die Augen. Sie ballte die Fäuste.

Die erste Stimme lachte hämisch. Einar beugte sich über den Rand der Figur. Es durchzuckte ihn wie ein Blitz. Der Mann war ein Priester!

„Aber er will Euch treffen, heiliger Mann."

„Wann? Wo?", zischte der Priester.

Einar biss sich auf die Lippen.

„Steht alles auf diesem Papyrus. Ich werde diese Zeichen nie verstehen!"

Es raschelte. Einar sah, wie der Soldat dem Priester eine kleine Rolle übergab. Dann verbeugte er sich und verschwand in der Dunkelheit.

Der Priester las. „Alles nach Plan, alles nach Plan!", murmelte er in sich hinein. Er zerknüllte das Papyrus und warf es hinter sich. Richtung Nil lief er davon.

Fiese Machenschaften

Auf allen vieren suchten Einar und Minea das Gelände ab. Irgendwo hier hatte der Priester die Nachricht über das Treffen mit Manabi achtlos hingeworfen.

„Such, Odin, such!“, forderte Einar seinen Hund auf. Schnüffelnd verschwand Odin im hohen Gras. Ein lautes Bellen zeigte an, dass er fündig geworden war.

Sofort waren Einar und Minea bei ihm. Vorsichtig strich Minea die Botschaft glatt und las. Ungläubig schüttelte sie den Kopf. „Sie treffen sich heute in der Mitte der Nacht im Tempel.“

Einar seufzte. Tempel gab es hier zuhauf! „Wir können unmöglich alle abklappern“, sagte er verzagt. „Wo sollen wir suchen?“

Minea hielt ihm das Blatt unter die Nase. „Wenn die Menschen vom Tempel reden, ist immer der wichtigste gemeint: Der Heilige Bezirk bei Karnak!“

Erst mit Verzögerung begriff Einar die Bedeutung. „Aber außer den Priestern darf ihn niemand betreten“, antwortete er.

Minea stand auf. Hastig stopfte sie das Papyrus in die Umhängetasche. „Genau deshalb haben sie ihn sicher ausgesucht. Sie müssen sehr geheime Sachen zu besprechen haben!“ Sie rannten zum Nilufer. Der Vollmond beleuchtete die Gegend so gut, dass sie schnell fanden, was sie suchten. Ihr Boot lag noch genau an der Stelle, wo sie es am Nachmittag befestigt hatten.

Eine Stunde später klopfte Minea an die Tür einer Hütte. Auf ein verwundertes Brummen hin traten sie ein. Useramun saß auf seiner Matratze und rieb sich die Augen.

„Was wollt ihr?“, flüsterte er. „Mitten in der Nacht?“ Er besann sich kurz. Dann wurde er freundlicher. „Nehmt Platz. Und erzählt mir, warum ihr hier seid!“

Flüsternd berichtete Minea, dass man sie verdächtigte, Grabräuber zu sein. Von dem Treffen im Tempel sagte sie nichts.

„Ihr seid unschuldig?“, erkundigte sich der Priester. Bedächtig füllte er zwei Schalen mit Essen und stellte sie vor seinen Besuchern ab. Jetzt erst bemerkte Einar, wie sehr ihm der Magen knurrte. Während er das kalte Gemüse in sich hineinschlang, nickte er zustimmend.

„Dann mache ich eine Ausnahme“, entschloss

sich der Priester. „Unschuldig Verfolgte muss Amun-Re beschützen. Aber nun schlaft! Sicher wird uns Amun-Re in der Nacht die Lösung für euer Problem bescheren!“

Gespannt sah Einar seine Freundin an. Minea nickte ihm nur kurz zu. Mit klopfendem Herzen streckte sich Einar auf der Bastmatte aus. Schon bald hörte er Useramuns gleichmäßige Atemzüge. Wenig später spürte er einen Finger auf seiner nackten Schulter.

„Komm“, flüsterte Minea. „Es ist gleich so weit!“ Leise verließen sie die Hütte. Odin folgte ihnen.

Draußen war es gespenstisch ruhig. Nur aus einigen Hütten drang regelmäßiges Schnarchen. Mit wenigen Schritten hatten sie die Mauer des Tempels erreicht. Rasch tauchten sie in seinen Schatten ein. In der Ferne marschierte eine Patrouille vorbei.

Durch ein Tor drängte Minea Einar in das Innere des Tempels. Sie fasste ihn am Arm. „Der Heilige Bezirk wurde vor über 1000 Jahren erbaut“, flüsterte sie. „Seitdem hat jeder Pharao neue Gebäude errichtet, alte abreißen lassen oder verschönert. Ramses und sein Vater Seti haben sein Aussehen in den letzten 50 Jahren gehörig verändert. Die mächtige, von Säulen getragene Halle ist von ihnen erbaut worden!“

Staunend betrachtete Einar die Säulen. Jetzt im Mondschein sahen sie noch beeindruckender aus. Als hätte ein Riese seine Spielsteine ordentlich auf ein Tablett gestellt. Einar schätzte, dass es mindestens 100 waren.

„Hier steht nicht nur das größte Heiligtum des Amun-Re", fuhr Minea fort. „Dahinten sind noch der Tempel der Göttin Mut, der des Chons, der des Month und das Heiligtum des Ptah!"

Einar versuchte, Mineas Zeigefinger zu folgen, der nur so durch die Luft sauste. Der Bezirk war also riesig. „Das heißt, wir müssen uns trennen und hoffen, dass uns Manabi zufällig über den Weg läuft!", meinte Einar seufzend.

Minea holte die Nachricht von Manabi wieder aus der Tasche hervor. Mit kritischem Blick prüfte sie das Schriftstück. Plötzlich drehte sie es um.

„Na, wer sagt's denn", jubelte sie. Verschreckt über ihre eigene Lautstärke senkte sie ihre Stimme. „Hier ist ein komisches Zeichen drauf. Eins, das ich nicht kenne."

Sie hielt Einar den Papyrus unter die Nase. Verblüfft erkannte Einar, dass es ein Küken war. Genauso eins, wie er am Mittag zu malen versucht hatte. Aber ... Dieses Küken hatte drei Beine! „Könnte von mir sein", stammelte er gequält.

„Ist es aber nicht“, antwortete Minea lachend. „Einmal hat sich Useramun über eine der neuen Säulen aufgeregt. Die Schrift der Gottesworte würde einen Fehler aufweisen, der eine Schande für alle Schreiber sei!“

Einar klatschte vor Begeisterung in die Hände. „Bombastisch fantastisch, Minea! Du hast die Lösung. Eine von den neuen Säulen muss der Treffpunkt sein!“

Aufgeregt schlichen Einar und Minea tiefer in den Tempel hinein. Odin folgte ihnen mit leisen Trippelschritten. Das Scharren seiner Krallen auf dem Steinboden hallte von den Wänden wider. Ansonsten war es totenstill.

Je näher sie ihnen kamen, desto riesiger wurden die Säulen. Als würden sie mit jedem unserer Schritte wachsen, dachte Einar. Mindestens sechs Menschen waren nötig, schätzte er, um sie mit ausgestreckten Armen zu umfassen.

Plötzlich stieß ihm Minea den Ellbogen in die Seite. „Da!“, flüsterte sie. „Da ist die komische Wachtel!“

Jetzt sah Einar es auch. In etwa fünf Metern Höhe war ein Küken in den Stein gemeißelt. Zwei seiner Beine waren wie der Rest des Vogels mit roter

Farbe angemalt. Das dritte Bein stand hinten vom Körper ab. Da es nicht bemalt war, konnte man es auf den ersten Blick leicht übersehen.

Schnell zog Minea Einar hinter eine Nachbarsäule. Bewegungslos harrten sie aus. Endlich ertönte ein Schlurfen. Ein Mensch näherte sich.

Einar merkte, wie sich sein Pulsschlag beschleunigte. Von der anderen Seite erklangen nun festere Schritte. Einar tippte auf Manabi. Rasch duckte er sich noch tiefer hinter die Säule.

„Manabi", zischte eine Stimme ins Dunkle. „Wie schön, Euch doch noch persönlich zu sprechen!"

Einar erkannte den Priester wieder, den er von Amenophis' Schoß aus beobachtet hatte.

„Spart Euch Euren Spott, Priester", knurrte der Hauptmann zurück. „Lasst uns lieber über das Geschäft reden!"

Der Priester rieb sich die Hände. „Nur zu, nur zu! Man hört, Ihr hättet einen Weg gefunden, den Heiligen Berg von den Handwerkern freizuhalten?"

Trotz des fahlen Lichts sah Einar Manabis Zähne aufblitzen. „Seit sieben Tagen ruht die Arbeit, Eure Heiligkeit!", berichtete er. „Und heute haben meine Männer rein zufällig einen gestohlenen Ring in einem Krug gefunden. Natürlich mitten im Dorf!"

Der Priester lachte. „Na, na, wer wird denn so schlimme Dinge tun?"

Manabi stimmte ein. „Aber es kommt noch besser: Eine Schuldige haben wir auch schon! Eine kleine Kröte, die einen Geheimgang nach draußen kennt. Wir haben also allen Grund, die Arbeiter morgen wieder zu Hause zu lassen. Meine Peitsche wird ihrem Bruder ein bisschen Anstand beibringen!"

Der Priester rieb sich wieder die Hände. „Und unsere lieben Freunde haben Zeit, ihr Werk im Tal zu vollenden. Was soll Seti auch mit all dem Gold? Er ist doch schon so lange tot!"

Manabi spuckte aus. „Man sollte nicht meinen, dass Ihr ein Priester seid."

Der Mann verzog das Gesicht. „Wieso diese harten Worte, Manabi? Aus Eurem Munde schmecken sie zu bitter! Und jetzt geht! Morgen gibt es viele Schätze zu tragen!" Ohne Abschied trennten sich die Männer.

Schockiert rutschte Minea an der Säule hinab. „Ich kann es nicht glauben", murmelte sie fassungslos. „Meinetwegen schlagen sie meinen Bruder … Und sie wollen das Grab von Ramses' Vater plündern!"

Eine große Ehre

Minea kauerte am Fuß der hohen Säule. Dicke Tränen liefen ihr über das Gesicht. Einar nahm sie in den Arm. Ihr ganzer Körper zitterte vor Aufregung. Odin leckte ihr fiepend über die nackten Füße.

„So eine Gemeinheit!“, schniefte sie. „Dieser Sohn einer Ratte lässt uns hungern und auspeitschen, damit er in Ruhe Setis Grab plündern kann!“ Einar merkte, dass ihre Trauer in Wut umschlug. Mit einer Faust hämmerte sie gegen die Säule.

„Hör auf“, beschwichtigte Einar sie. „Sonst ist deine andere Hand auch noch kaputt!“

Minea seufzte. Sie begann, Odin zu streicheln. „Was sollen wir jetzt bloß tun?“, murmelte sie abwesend. „Meinen Bruder retten oder die Plünderung des Grabs verhindern?“

Einar zuckte die Schultern. Er wusste keine Antwort. Dann fielen ihm Useramuns Worte wieder ein. „Sicher wird uns Amun-Re in der Nacht die Lösung für unser Problem bescheren! Bis zum Morgengrauen wird sowieso nichts mehr passieren. Weder im Dorf noch am Heiligen Berg!“

Minea blickte ihm ins Gesicht. Dann stand sie auf. „Wahrscheinlich hast du recht. Außerdem bin ich zu müde, um noch einen Fuß vor den anderen zu setzen. Du könntest mich nicht zufällig tragen?"

Wie eine ohnmächtige Filmschauspielerin ließ sich Minea theatralisch in Einars Arme fallen. Sie kicherte.

Das gefällt mir so an ihr, dachte Einar wenig später auf seiner Bastmatte. Auch wenn die Lage noch so ernst ist, verliert sie nie ihr Lachen! Einar drehte sich zur Seite, doch der Schlaf blieb aus. Er fror, die Muskeln schmerzten ihn, Mumien und Krokodile jagten durch seinen Kopf. Rastlos wälzte er sich auf der harten Matte hin und her.

Er schreckte auf, als er eine Hand auf seiner Brust bemerkte. Erschrocken riss Einar die Augen auf. Im ersten Sonnenlicht erkannte er Useramun. War er doch noch eingeschlafen? Einar blinzelte zu Minea hinüber. Sie lag zusammengekauert neben ihm und schnarchte leise.

„Amun-Re hat mich im Schlaf besucht", flüsterte der Priester. „Er hat mir gesagt, ich solle dich mitnehmen. Zum Allerheiligsten in das Sanktuar, wenn der neue Tag wächst!"

Einar schüttelte sich. Er war so müde, dass die Worte des Priesters kaum zu ihm durchdrangen. Als

Useramun ihm die Hand entgegenstreckte, griff er zu. Mühelos zog ihn der Priester in die Höhe.

Mit einer Verbeugung erlaubten ihnen die Wachen, die äußere Tempelmauer zu passieren. Einar wunderte sich. Der Priester steuerte nicht direkt auf den Tempel des Amun-Re zu. An einem riesigen Wasserbecken hielten sie an. Zahllose andere Priester standen darin und wuschen sich.

„Das ist der Heilige See", erklärte Useramun. „Nur wer in ihm gebadet hat, darf das Sanktuar betreten!"

Zögerlich streifte Einar seinen Rock ab. Langsam glitt er ins Wasser. Der See war kühl, aber die Kälte war belebend. Einar spürte, wie ihn neue Kraft durchströmte. Er hockte sich in die Sonne und sah zu, wie sich der Priester Kopf und Körper rasierte.

„Nicht jeder Priester darf zum Heiligen Schrein", erklärte Useramun. Mit einem Leinentuch trocknete er sich ab. „Nur die Oberpriester, die Propheten und der Pharao. Aber du sollst sein Gast sein! Er hat es mir selber gesagt."

Sie verließen den See und liefen durch einen üppigen Garten. Einar staunte über die verschiedenen Pflanzen und Blumen. Der Priester schien sich über Einars Bewunderung zu

freuen. „Brich eine Blüte ab“, schlug er vor. „Bringe sie Amun-Re als Dank für seine Einladung.“

Bis zum Torbogen des Tempels musste Einar immer wieder seine Nase in die Blume stecken. Sie duftete wunderbar.

Als sie in die Säulenhalle eintraten, wurde Einar flau im Magen. Noch vor wenigen Stunden hatte er sich hier mit Minea versteckt und Manabi belauscht. Und jetzt sollte er bei der Morgenzeremonie des Amun-Re dabei sein. Das würde den Gott doch hoffentlich nicht erzürnen? Aber er musste zusehen, schließlich war es Odins Auftrag, alles über dieses Ritual herauszufinden. Und Einar war sich sicher, dass Odin am Traum des Priesters nicht ganz unbeteiligt gewesen war.

Leise durchquerten sie die Säulenhalle. In ihrer Mitte begann eine lange Rampe. Sanft stieg sie bis zur Rückwand des Tempels an. Schweigend ging der Priester neben ihm her. Mit jedem Meter wurden seine Schritte bedächtiger. Am Ende schien er dem Heiligen Schrein fast entgegenzuschweben.

Es wurde immer dunkler. Die Wände des Tempels rückten enger zusammen. Nach einem tiefen, glückseligen Seufzer betrat der Priester das Heiligtum. Der Raum war kaum größer als Einars Zimmer am Fjord. Die Wände waren mit Gold ausgekleidet.

Reliefs erzählten von Amun-Res Taten. Auf einem Tisch lagen fremdländische Früchte. Krüge aus Bronze enthielten duftende Flüssigkeiten. Unzählige Kerzen tauchten den Raum in goldenes Licht.

20 Hohepriester drängten sich vor einem mannshohen Schrank mit zwei Türen. Einar hatte gerade die letzte Stufe genommen, da begann ein Mann mit einem Pantherfell auf dem Kopf zu singen. Alle Priester stimmten mit ein. Ihr Lied klang nach Reinheit und Ehrfurcht. Als sie verstummten, ging Useramun zu dem Schrein. Mit einem goldenen Messer kratzte er an der Tür entlang. Hingerissen sah Einar, dass Krümel zu Boden fielen. Der Schrein war mit Wachs versiegelt gewesen.

Jetzt klopfte der Priester vorsichtig gegen die Tür. „Amun-Re erwacht!“, säuselte der Mann mit dem Pantherfell. Die Tür des Schreins ging auf. Über die Schultern der Männer hinweg gelang es Einar, einen Blick in das Innere zu werfen. Eine Figur, etwas größer als er selbst, schimmerte ihm entgegen. Der mächtigste Gott der Ägypter war hier als Krieger, nicht als Falke, dargestellt. In der Hand hielt er einen vergoldeten Speer. Auf seinem Kopf thronte die Sonnenscheibe. Einar staunte, wie lebendig seine Gesichtzüge wirkten. Fast hatte er den Eindruck, als lächelte der Gott seinem Gast zu.

Useramun tauchte ein Tuch in einen der Krüge. Gründlich wusch er damit die ganze Figur. Dann tunkte er seinen kleinen Finger in eine Schale. In fließenden Bewegungen rieb er der Gottheit die

Stirn mit Öl ein. Einar sog den Duft ein, der über allem schwebte. Weihrauch, bemerkte er. Und kostbares Holz.

Ein zweiter Priester trat vor den Gott. Mit einer roten Paste schminkte er ihm Augen, Wangen und Lippen. Zu zweit zogen sie ihm einen mit Goldfäden durchwebten Rock an.

Nun nahm jeder der Oberpriester bedächtig eine Frucht vom Tisch. In einem Halbkreis legten sie die Speisen vor der Figur ab. Zuletzt sah Useramun Einar an. Mit zitternden Knien ging Einar auf die Götterstatue zu. Er senkte den Blick und legte Amun-Re seine Blume zu Füßen.

In diesem Moment setzte der Gesang wieder ein. Die Hohepriester verneigten sich vor der Figur. Dann schloss Useramun den Schrein. Mit einem Siegel verschloss er die Türen. Der Gott war geweckt. Jetzt sollte er in Ruhe essen. Rückwärts gehend verließen die Priester den engen Raum. Der Mann mit dem Pantherfell griff zu einem Besen. Das Gesicht zum Schrein gewandt, reinigte er den Raum.

Als Einar wieder in der Säulenhalle stand, klopfte sein Herz noch immer. Ihm war klar, dass er gerade ein außergewöhnliches Ereignis hautnah miterlebt hatte. Eine große Ehre.

Useramun räusperte sich. Ernst blickte er Einar in die Augen. „Als ich heute Nacht aufstand, um mich zum ersten Mal heute zu rasieren, wie es die Tempelordnung verlangt, waren eure Matten leer!“

Einar spürte, wie ihm das Blut ins Gesicht schoss. „Ich kann dir nicht sagen, wo wir waren! Du musst es verstehen!“

Der Priester nickte. „Ich vertraue dir, Einar, denn Amun-Re vertraut dir auch! Gehe jetzt zu Minea zurück.“

Zwei Briefe

In der Hütte des Priesters wurde Einar überschwänglich von Odin begrüßt. Der kleine Hund sprang an seinen Beinen hoch. Als hätten wir uns ewig nicht gesehen, dachte er.

„Da bist du ja endlich!“, rief ihm Minea entgegen. Sie hockte im Schneidersitz auf ihrer Bastmatte. Zwischen die Füße hatte sie Einars Tongefäß geklemmt.

„Odin und ich haben uns ein wenig die Zeit vertrieben“, sagte sie lachend und drehte den Krug um. Der Falkenkopf Amun-Res strahlte Einar entgegen. Die Farbe war noch frisch. „Jetzt ist es eine richtige Kanope“, freute sich Minea.

Einar staunte. Die Gottheit wirkte genauso lebendig wie die Figur im Schrein. „Du bist wirklich eine große Künstlerin“, sagte er beeindruckt. „Vielen Dank!“

Minea winkte ab. „Ich habe zu danken! Denn dein Rat war genau richtig. Amun-Re hat mich im Schlaf besucht. Ich weiß nun, wie wir an zwei Orten gleichzeitig sein können!“

Entschlossen griff sie hinter sich und brachte zwei Papyrusrollen zum Vorschein. „Der große Gott Amun-Re hat mir geraten, zwei Briefe zu schreiben. Einen an meinen Bruder, um ihn zu warnen. Und einen an den Pfeiler wie *Derjenige, der in Theben ist*!“

Verdutzt runzelte Einar die Stirn.

„Na, an Ramses. Das ist einer seiner Goldnamen.“

Einar musste lachen. „Du willst dem großen Pharao einen Brief schicken? Entschuldige, aber du bist nur ein unbedeutendes Mädchen. Kein *Der die Kanäle baut* und kein Beamter!“

Minea wirkte nicht beleidigt. „Na und? Amun-Re wird schon wissen, warum ich das tun soll!“ Sie entrollte den ersten Brief. „Willst du hören, was ich geschrieben habe?“

Ohne Einars Antwort abzuwarten, begann sie zu lesen:

„*Göttlicher Pharao, groß an Siegen, reich an Schlagkraft, gewaltig an Ansehen, Geliebter der beiden Länder, Göttliches Abbild des Chepri, überlegener Beschützer Ägyptens, der die Denkmäler in Uaset hervorragend ausführt für seinen Vater Amun, der ihn auf seinen Thron gesetzt hat, du starker Stier, der …*“

Einar räusperte sich. „Ich unterbreche dich ja nur ungern, aber was teilst du dem Pharao mit?“

Minea schaute ihn verblüfft an. „Ach so, das steht hier unten:

Ich werde nicht zulassen, dass Euch oder Eurer Familie etwas geschieht. Mit höchster Achtung, Eure Minea!“

Einar unterdrückte ein Grinsen. „Und daraus soll er schlau werden?“, fragte er vorsichtig.

Minea zuckte mit den Schultern. „Warum nicht? Er ist der gottgleiche König“, antwortete sie. „Und als ich erst mal all seine Namen aufgeschrieben hatte, passte eben nicht mehr viel hin!“

Einar sparte sich einen Kommentar. Der Brief würde den Pharao sowieso nie erreichen. „Und was hast du deinem Bruder geschrieben? Hoffentlich nicht auch nur Anreden?“

Minea entrollte den zweiten Brief und las:

„*Verehrtes Familienoberhaupt,*
ich muss dich warnen! Manabi, der Hauptmann der Wachen, ist ein Schurke! Er selber hat den Goldring gestohlen, der in der Totenstadt gefunden wurde! So konnte er die Arbeiter vom Heiligen Berg fernhalten.

Während er mit euch redet, plündern seine pflichtvergessenen Kumpane ein Grab. Und halt dich fest, welches: Das Haus von Seti, Ramses' göttlichem Vater! Ein Freund und ich werden das verhindern. Wenn alles aufgeklärt ist, hat das Hungern für alle ein Ende. Das verspreche ich, bei Amun-Re. Minea"

Minea sah vom Papyrus auf. „Na, was sagst du?"

Einar hatte mit großer Aufmerksamkeit zugehört. „Ich finde gut, dass du ihn warnst." Er stutzte. „Aber wie sollen ein Freund und du die Plünderung des Grabes verhindern?"

Verschmitzt lächelnd stand Minea auf. „Das erzähle ich dir, wenn wir hinter dem Heiligen Berg sind." Sie schulterte ihre Tasche.

„Meinst du nicht, wir sollten Useramun von dem Verräter im Tempel erzählen?", fragte er zögernd.

„Er ist ein so gläubiger Mensch", erwiderte Minea. „Die Nachricht, dass ein Priester Gold und Reichtum hinterherjagt, würde ihn zutiefst erschüttern!"

Sie legte ein kleines Stück Papyrus zu den Briefen. „Eine Nachricht an ihn. Er wird mir den Gefallen tun, die Briefe zu überbringen. Außer einem Oberpriester könnte niemand meinen Bruder und Ramses erreichen! Und zum Glück hat Useramun es nicht weit. Ich habe gehört, dass der Pharao gerade nicht in der Hauptstadt ist, sondern in seinem Palast hier in Uaset. Bestimmt, um die Bauarbeiten zu seinem Grab zu besichtigen."

Den Weg zum Nil hinunter rannten sie. Um unnötige Aufregung zu vermeiden, beschloss Einar, dieses Mal mit der magischen Insel überzusetzen.

Plan B

Wie Einar es erwartet hatte, lag die magische Insel am Ufer des Nils. Mit großen Augen sah sich Minea in der Hütte um. Staunend nahm sie die Stifte auf Einars Schreibtisch in die Hand. „Was macht man damit?“, wollte sie wissen.

Einar zog ein Blatt aus der Schublade. Lässig zeichnete er seinen Leuchtturm auf das Papier. Wann er ihn wohl wiedersehen würde?

Minea betrachtete den Stift und verzog das Gesicht. „Sehr unpraktisch!“, meinte sie. „In diese Dinger kann man ja gar kein Wasser einfüllen. In der Sonne werden sie schnell unbrauchbar. Eure Kultur scheint wirklich nicht besonders einfallsreich zu sein!“ Mit verächtlicher Miene warf sie die Stifte auf den Tisch zurück.

Es gab einen Ruck. Die magische Insel war am anderen Ufer angekommen.

Einar war froh, dass es noch früh am Morgen war. Die Sonne hatte den Boden bislang kaum erhitzen können. Der Sand zwischen seinen Zehen fühlte sich kühl und angenehm an.

Trotzdem war der Anstieg zum Heiligen Berg mühsam. An einer sprudelnden Quelle stillte er seinen Durst. Odin sprang schwanzwedelnd in das schmale Rinnsal zwischen den Felsen. Fröhlich schüttelte er sich anschließend die Tropfen aus dem Fell.

Von der Spitze des Berges, den die Einheimischen das Horn nannten, konnte Einar weit ins Tal der Könige blicken. Wie Manabi es gesagt hatte, ruhten alle Arbeiten. Überall lag Werkzeug herum und wartete darauf, wieder benutzt zu werden: Hammer, Steinsägen, Kiepen voller Geröll, Spitzhacken. Einar entdeckte zwei Schächte, die tief in einen Hügel hineinzuführen schienen. Ansonsten wirkte das Tal verlassen und öde. Kein Baum, kein Strauch begrünte den Sand. Und natürlich gab es keine Hinweisschilder, die den Weg zu den Gräbern wiesen. Die würden erst in mehr als 3000 Jahren für die Touristen aufgestellt werden, dachte Einar. Niemand konnte erahnen, dass im Innersten des Tals Kunstschätze von unvorstellbarem Wert ruhten. Genau deshalb hatten die Pharaonen diesen Ort ja ausgewählt.

Einar glaubte sich zu erinnern, dass später 65 Gräber freigelegt werden würden. Die meisten davon geplündert und leer. Wie viele Pharaonen wohl jetzt schon hier lagen? Er fragte Minea.

„Eigentlich habe ich ein Gedächtnis wie ein Fischernetz", gestand sie. „Manchmal vergesse ich sogar das Brot in der Pfanne. Aber wo die Gräber liegen, das habe ich mir genau eingeprägt."

Sie zeigte in die Runde.

„Hatschepsut und Thutmosis liegen da vorne. Der Erste, wohlgemerkt, Thutmosis III. ist da vorne begraben. Amenophis I. ein Stück weiter dort drüben, und sein Nachfahre Amenophis III. unter dem Hügel da!"

Einar staunte über Mineas Ortskenntnis. Er sah nichts außer Geröll und Sand.

„Hast du von Echnaton gehört?", fragte Minea. „Er liegt hier! Willst du die anderen 34 auch noch hören?"

Natürlich möchte ich das!, dachte Einar. Um das herauszufinden, was du mir hier sagst, werden unsere Archäologen noch Jahrzehnte brauchen!

Aber die Zeit lief ihnen davon. Ein Kribbeln im Bauch sagte ihm, dass sie nun endlich etwas unternehmen mussten. „Später!", sagte er deswegen. „Wie ist denn eigentlich dein Plan?", wollte er wissen. Mühsam stapften sie den steinigen Berg hinunter. Die Sonne stieg. Bald würde sich das Tal wieder in einen Glutofen verwandeln.

„Die Grabräuber sind schon bei der Arbeit", vermutete Minea. „Sie müssen jede Stunde nutzen. Es dauert Tage, um alle Schätze in ein Grab zu tragen, hat mein Vater erzählt. Auch wenn sie nur die wertvollsten Dinge mitnehmen, sind sie eine Weile beschäftigt!"

Plötzlich blieb Minea stehen. Mit ausgestrecktem Arm hinderte sie Einar am Weitergehen.

„Da sind sie schon!", flüsterte sie. Schnell warfen sie sich auf den Boden.

Hinter einer Kuppe sah Einar in einiger Entfernung vier Männer. Ihre Körper waren von Erde und Staub verklebt. Gerade warfen sie eigenartige Schaufeln an die Seite. Einer von ihnen redete hitzig auf die anderen ein. Was er sagte, konnte Einar nicht verstehen.

Jetzt nickten die Männer. Gleichzeitig bückten sie sich und griffen in den Sand. Ihre Muskeln spannten sich. Dann knirschte es laut. Staunend beobachtete Einar, wie sie eine große Steinplatte anhoben und an die Seite hievten. Direkt vor ihren Füßen klaffte nun ein breites Loch. Im Nu waren die vier darin verschwunden.

„Los, schnell", kommandierte Minea. „Wir schieben die Platte zurück. Dann sind sie eingesperrt!"

Ohne Einars Antwort abzuwarten, rannte sie auf Setis Grab zu. Odin folgte ihr schwanzwedelnd.

Wahrscheinlich glaubte er, das sei ein neues Spiel.

Einar drückte seine Tasche fest an sich und versuchte, die beiden einzuholen. Minea stemmte sich schon mit ihrem ganzen Gewicht gegen die Steinplatte.

„Fass mal mit an", flüsterte sie Einar zu. Einar lehnte sich mit seinem Rücken gegen den kalten Stein. Er drückte, bis ihm der Schweiß über den kahlen Kopf rann. Die Platte bewegte sich keinen Millimeter.

„Verdammt gut, mein Plan", keuchte Minea. „Leider funktioniert er nicht!"

Einar wischte sich mit dem Handrücken die Schweißperlen von der Glatze. „Es ist besser, wenn wir Useramun doch alles erzählen", schlug er vor. „Ohne Hilfe sind wir sowieso machtlos. Auch wenn wir die Räuber einschließen können."

Minea schüttelte den Kopf. „Dafür ist es zu spät. Plan A war mies", wiederholte sie. „Dann muss Plan B umso besser sein!"

Einar gefiel dieser Satz nicht. Er klang nach zu vielen grauenvollen Überraschungen. „Was ist Plan B?", erkundigte er sich flüsternd.

Mineas Augen verengten sich zu Schlitzen. Sie schien zu allem entschlossen. „Ist doch klar", antwortete sie schließlich. „Wir müssen in Setis Grab!"

Setis unheilvolle Rückkehr

Plan B war keine gute Idee. Das spürte Einar schon auf der ersten Stufe des Grabs. Muffige Luft schlug ihm entgegen. Es roch nach Schimmel. Und nach Verwesung. Einar wurde flau im Magen. Wenigstens war Odin bei ihm, um ihn zu beschützen.

Ausgerechnet jetzt musste ihm ein Zeitungsartikel wieder einfallen, den er über Tutanchamun gelesen hatte. Neunzehnhundertirgendwann hatte ein Mann namens Howard Carter ein versiegeltes Grab gefunden. Hier im Tal der Könige. Die Nachricht war eine Weltsensation. Vor den Augen von Dutzenden Fotografen und Reportern öffnete Carter das Grab. Er fand Gold, Schmuck, Möbel und eine Mumie im Sarkophag.

Kurz darauf starb Carter an einer mysteriösen Krankheit. Dann starb der Geldgeber. Dann ein Fotograf, die Grabungshelfer, zwei Archäologen. Einer nach dem anderen legte sich ins Bett und stand nicht mehr auf. Der Fluch des Pharao!, sagten die einen. Andere wollten herausgefunden haben, dass das Grab durch eine besonders raffinierte Falle gesichert war: gefährliche Schimmelpilze, gegen die es kein Gegengift gab.

Einar schluckte. Waren die Berichte wahr? Vorsichtig setzte er einen Fuß vor den anderen. Er wollte möglichst keinen Staub aufwirbeln. Wahrscheinlich war die Geschichte vom verfluchten Grab nur ein 100 Jahre altes Schauermärchen. Aber man konnte ja nie wissen …

Plötzlich trat Einar ins Leere. Die Stufen waren zu Ende. Eine schräge Rampe begann. Sie führte weiter in die Tiefe. Jetzt schluckten die Wände auch noch das letzte bisschen Sonnenlicht. Einar schätzte, dass sie mittlerweile gut zehn Meter unter der Oberfläche waren.

Im Dunkeln stieß er gegen Minea. „Da ist die Grabkammer!“, raunte sie ihm zu. Mit klopfendem Herzen sah Einar in den Raum hinein: Die Kammer war leer!

„Wahrscheinlich nur ein Täuschungsmanöver!“, schloss Minea. „Wir müssen weiter!“

Der Gang nahm eine Biegung. Am Ende des Korridors brannte ein schwaches Licht. Jetzt konnte Einar die Wandbemalungen sehen. Minea hatte nicht übertrieben. Die Bilder waren grandios. Aber je näher sie dem Licht kamen, desto schrecklicher wurden sie. Im Flackern der Fackel zuckten die Figuren vor und zurück. Einar schauderte. Anubis, der Schakalgott, schnappte nach ihm. Thot hackte mit seinem Ibisschnabel in die Luft. Einem Gott mit Krokodilkopf troff Blut aus dem Maul. Durch die Gänge hallte ein unheimliches Grollen.

Einar hielt sich die Hände wie Scheuklappen an die Augen. Mit zusammengekniffenen Lippen hastete er hinter Minea her. Er wollte nicht schreien.

Auch der nächste Raum, in dem die Fackel hing, war leer. Einar sah die Gemälde nicht an. Keuchend stieß er die Tür zum nächsten Gang auf. Wieder eine Biegung. Sie mussten nun tief im Berg sein. Willkommen in der Unterwelt, schoss es Einar durch den Kopf. Er war in einem Grab! Viele Meter unter dem Wüstensand! Wenn jemand die Steinplatte vor den Eingang schob, waren sie verloren! Eingeschlossen mit den Räubern! Niemand würde ihr Schreien hören!

„Psssst!“, zischte Minea und blieb abrupt stehen. Sie standen in einem ausgemalten Raum. Bis auf ein paar seltsame Musikinstrumente war er jedoch leer. „Hörst du das Klopfen? Das sind sie!“ Sie kratzte sich am Kopf. „Jetzt fällt mir alles wieder ein. Hier unten war ich natürlich noch nicht. Seti wohnt ja schon so lange hier. Aber mein Vater hat mir den Plan vor Jahren in den Sand gemalt. Das hier ist nur der Vorraum. Hinter der nächsten Tür muss die richtige Grabkammer sein!“

Mit bebendem Herzen hörte Einar auf das pochende Geräusch. Er drückte sich wie Minea flach an die Wand.

Vorsichtig schlichen sie vorwärts. Was Einar sah, nahm ihm den Atem. Der Raum hinter der Tür war groß wie ein Tennisplatz. An den Wänden stapelten sich Kostbarkeiten. Schwerter, Lanzen, Kisten, goldene Streitwagen, elfenbeinbeschlagene Truhen, ein Thron, Figuren aus Ebenholz, wertvolle Möbel und überall Juwelen. In jeder Ecke blinkte und blitzte etwas. Einar wusste gar nicht, wo er zuerst hinschauen sollte. So muss es Ali Baba ergangen sein, dachte er, als er die Höhle der 40 Räuber fand!

Räuber! Einar zuckte zusammen. Sie waren ja nicht zum Staunen hier! Er drehte den Kopf. Jetzt konnte er beobachten, woher das Klopfen kam. In der hintersten Ecke stand ein raumhoher Schrein, ähnlich dem von Amun-Re im Sanktuar. Das Holz war mit vielen tausend kleinen Figuren und Hieroglyphen verziert. Mit Hämmern schlugen die vier Männer auf seine Tür ein.

Einar schossen Tränen der Wut in die Augen. So ein Kunstwerk durfte man nicht einfach zerstören!

Einer der Grabschänder setzte nun eine Brechstange an. Krachend zersplitterte das Holz.

„Da“, flüsterte Minea. Sie zeigte auf das, was der Schrein freigab. „Da drin ruht Seti!“

Im Licht der Fackeln erkannte Einar nun, was die Räuber suchten. Den größten Schatz des Raums, Setis Sarkophag! Auf der äußeren Hülle war der Pharao in Lebensgröße abgebildet. Sein Gesicht schimmerte golden. Einar wusste, dass die Pharaonen in mehreren Sarkophagen lagen. Wie Geschenkschachteln waren sie ineinandergesetzt. Und von Lage zu Lage wurden die Verzierungen wertvoller.

Wenn sie noch etwas gegen die Plünderungen unternehmen wollten, mussten sie sofort handeln.

„Was ist Plan B?“, flüsterte Einar.

„Ich …“, stammelte Minea. „Ich habe keine Ahnung!“

Entsetzt riss Einar die Augen auf.

„Ich dachte … Amun-Re wird uns schon helfen“, gab Minea zu.

Einar warf einen verzweifelten Blick in die Grabkammer. Die Ganoven waren gerade dabei, die Tonkrüge mit den Organen aus dem Weg zu räumen.

„Das ist es!“ Vor Begeisterung hätte Einar beinahe in die Hände geklatscht. „Du hast mir doch von eurem Glauben erzählt. Die Toten leben noch. Nur

woanders, oder? Sie können sogar zu euch kommen und euch besuchen!“

Minea nickte.

„Gut!“ Einar wühlte in seiner Tasche. Feierlich holte er das bemalte Tongefäß hervor. Das Bild von Amun-Re glänzte im Schein der Fackel. Zufrieden stellte Einar die gefälschte Kanope auf den Boden. „Und jetzt gib mir die Trompete da“, bat er. Er zeigte an die Wand. Minea reichte ihm das Instrument.

„Gleich wirst du staunen, wie gut uns Amun-Re hilft!“

Einar kniete sich neben Odin. Der Boden der

Grabkammer war kalt. „Krieg jetzt keinen Schreck, okay?“, warnte er seinen besten Freund. Odin wedelte erwartungsvoll mit dem Schwanz.

„Minea, halt ihm lieber die Ohren zu!“, bat er. „Odin hat schon genug Angst ausstehen müssen.“

Minea beugte sich herunter und streichelte dem Foxterrier über den Kopf. Odin verbarg seine Schnauze in ihrer Achselhöhle.

„Jetzt kommt’s drauf an!“ Einar schloss die Augen. Langsam zählte er rückwärts: „Drei, zwei, eins!“

Bei eins stieß er die Kanope in die Grabkammer hinein. Rumpelnd rollte sie auf die Schurken zu. „Wer stört meine Ruhe!“, stöhnte Einar in den Trichter der Trompete. Gespenstisch hallte seine Stimme von den Wänden zurück.

Die Männer waren herumgefahren. Schreckensbleich starrten sie die Kanope an. Direkt vor ihren Füßen blieb sie still liegen. Das Bild von Amun-Re tanzte im Fackelschein auf und ab.

„Seti kehrt zurück!“, brüllte der größte Dieb. „Raus hier!“

Hals über Kopf rasten die Männer aus der Grabkammer. Ohne Einar und Minea eines Blickes zu würdigen, stürmten sie den langen Gang hoch. Amüsiert sah Einar, dass ihre Gesichter fahl waren. Weiß wie Stutenmilch.

Minea fiel ihm in die Arme. Sie zitterte. „Warum hast du mich nicht gewarnt?“, stammelte sie. „Die kommen auf jeden Fall nicht so bald wieder.“

„Genau“, triumphierte Einar auf dem Weg nach draußen. „Die Plünderung des Grabes haben wir verhindert. Jetzt müssen wir uns um Manabi und deinen Bruder kümmern!“

Doch als sie blinzelnd in die Sonne traten, schallte ihnen ein unheilvoller Ruf entgegen: „Das sind sie, Eure Hoheit. Das sind die Grabräuber!“

Das Gottesurteil

Vierzig Speerspitzen blitzten in der gleißenden Sonne. Allesamt waren sie auf den Eingang zu Setis Grab gerichtet. Von den Soldaten dahinter konnte Einar nur Umrisse erkennen. Zu sehr blendete die Sonne.

„Das sind sie, oh Herr!“, rief die Stimme wieder. „Wir haben sie soeben auf frischer Tat ertappt!“

Einar wartete darauf, dass sich das Missverständnis aufklärte. Er kniff die Augen zusammen. Zwischen den Soldaten stand ein Streitwagen. Daneben ein Löwe an einer Leine. War das etwa ...?

In diesem Augenblick warf sich Minea auf den Boden. Mit dem Gesicht tief im Sand, rief sie voll Ehrfurcht: „Göttlicher Pharao, groß an Siegen, reich an Schlagkraft, gewaltig an Ansehen, Geliebter der beiden Länder …“

„Hör auf!“ Eine scharfe Stimme durchschnitt die Luft. „Heute Morgen erreichte mich ein seltsamer Brief.“

Der Streitwagen wackelte. Ein Mann stieg aus. Auf seinem Kopf trug er die zwei Kronen von Unter- und Oberägypten. In der Hand hielt er den Krummstab. Es war der Pharao!

Bombastisch fantastisch!, schoss es Einar durch den Kopf. Ich treffe Ramses! Aber dass er schon so alt ist! Der Pharao sah aus wie 70. Beim Gehen beugte er den Rücken. Er musste schlimme Schmerzen haben.

„Mir wurde verkündet, am Grabe meines Vaters machten sich Räuber zu schaffen", fuhr Ramses fort. „Schon lange gibt es Unregelmäßigkeiten in meinem Palast. Mal verschwindet eine Ladung Stoßzähne, mal eine einzelne Kette. Mein Goldring mit den beiden Lieblingspferden fehlt seit einer Woche." Der Pharao blieb stehen. „Und nun das Grab meines Vaters!"

Ramses zielte mit dem Krummstab auf Einar. „In meiner Trauer war mein Verdacht auf Manabi gefallen, den treuen Anführer der Wachen am Heiligen Berg. Aber nun konnte ich mich selber von seiner Unschuld überzeugen. Amun-Re hat mich zur rechten Zeit hergelenkt!"

Mit einer schwungvollen Bewegung wandte sich der Pharao um. „Schafft sie mir aus den Augen! Sie sollen die Strafe bekommen, die sie verdienen!"

In Einars Kopf drehte sich alles. Er hatte gedacht, Ramses wollte sie loben! Für den Brief, für den Trick in der Grabkammer. Jetzt erst dämmerte ihm, dass der Pharao in Wirklichkeit sie für die Räuber hielt!

„Aber … das ist eine Verwechselung!“, stammelte er mutig.

Wutentbrannt sprang Manabi vor. Mit der Rückseite seiner Lanze schlug er Einar auf den Rücken. Einar jaulte auf. Wie Blitze zuckte es vor seinen Augen auf.

„Ich bin Minea!“, hörte er Minea neben sich rufen. „Ich habe den Brief geschrieben! Warum sollten wir Euch hierher rufen, wenn wir selber das Grab schänden wollten?“

Ramses fuhr herum. Müde wischte er mit der Hand über den Pharaonenbart. „Da ist etwas dran.“ „Aber da Wort gegen Wort steht, schenke ich selbstverständlich meiner Wache Glauben. Und nicht einem Mädchen, das aus der Totenstadt geflohen ist!“

Es ist nicht zum Aushalten!, dachte Einar ohnmächtig. Ramses muss uns doch glauben! Ich wünschte nur, ich könnte Minea und mich aus dieser Zwickmühle befreien!

Auf einmal krächzte es. Ungläubig sah Einar sich um. Hugin hockte auf der ersten Stufe des Grabs.

„Menschlein, Menschlein!“, spottete er. „Kann man dich denn gar nie alleine lassen?!“

Einar wurde wütend. „Nörgle nicht, hilf uns lieber!“

„Hilf dir selbst, dann hilft dir Odin“, flüsterte Hugin. „Mein Brüderchen hat sich an ein Ereignis erinnert. In fünf Minuten wird es stattfinden. Hier in der Wüste. Oder besser, im Himmel darüber.“ Mit dem Schnabel kratzte Hugin sein Gefieder. „Es ist dasselbe Naturschauspiel, das du vorgestern bei dir zu Hause beobachten konntest. Nutze dein Wissen über Ägypten, Menschlein, und du brauchst keine Hilfe!“ In großen Sprüngen entfernte sich der Rabe vom Grab.

Ramses klopfte mit seinem Krummstab gegen seinen Streitwagen. Der Löwe gähnte. „Bindet die schändlichen Räuber hinter meinen Wagen. Ich werde sie zum Palast schleifen!“

Minea begann zu weinen. Verzweifelt versuchte Einar, seine Gedanken zu ordnen. Er kann es selber schaffen, hatte Hugin gesagt. Einar spürte, dass er der Lösung ganz nahe war.

Die Sonne!, durchzuckte es ihn. Amun-Re ist der Sonnengott!

Ehrerbietig warf sich Einar in den Sand. „Verehrter Pharao“, begann er. „Lasst Amun-Re urteilen!“

Manabi schwang drohend seine Lanze. Ramses

hob den Arm. „Es ist mein Wunsch, den Jungen zu hören!“

Einar stand auf. „Amun-Re liebt die Wahrheit. Wenn Ihr Minea und mich bestraft, wird er traurig sein. In seiner Trauer wird er sein Gesicht bedecken.“

Manabi schnaubte. „So ein Unsinn!“

„Schweigt, Manabi!“, fuhr Ramses ihn an. Er sah Einar direkt in die Augen. „Gut, ich werde Amun-Re urteilen lassen.“

Der Pharao sank im Sand auf die Knie. Alle Soldaten beeilten sich, es ihm gleichzutun. Einar sah, wie sie sich bemühten, ihren Kopf tiefer zu halten als der Pharao.

„Amun-Re, mein Vater. Diese beiden Räuber haben das Grab von Seti geschändet. Ich werde sie noch heute bestrafen!“

Einar starrte zum Himmel.

Nichts geschah.

Die Sonne strahlte.

Hatte er Hugin falsch verstanden? Fieberhaft dachte er nach. Als er den Kopf zur Seite drehte, sah er Tränen in Mineas Augen. Traurig schüttelte sie den Kopf.

„Das Urteil war eindeutig!“, beschloss Ramses. Zwei Diener eilten zu ihm und halfen ihm auf.

„Viel Spaß bei den Krokodilen“, ätzte Manabi.

„Herr, da!“, rief einer der Soldaten plötzlich. Aufgeregt zeigte er zum Himmel. Langsam, ganz langsam schob sich ein schwarzer Halbkreis vor die Sonne. Von Sekunde zu Sekunde wurde der Schatten größer.

Sofort warfen sich die Soldaten in den Sand. Die Pferde des Pharao legten sich nieder. Sein Löwe kniff den Schwanz ein. Nur Ramses und Einar betrachteten das Schauspiel im Stehen. Im Gesicht des Pharao spiegelte sich tiefe Zufriedenheit. Sein Gott war gefragt worden, sein Gott hatte geantwortet. Als es für einen Moment ganz dunkel war, glaubte Einar, Ramses eine Melodie summen zu hören. Doch seine Lippen bewegten sich nicht. Fünf Minuten lang herrschte Stille. Dann war die Sonne wieder da.

„Gut“, maulte Manabi. „Dann sind eben die da Schuld!“ Er zeigte auf die vier Männer, die Einar und Minea aus dem Grab gejagt hatten. Einar ballte die Fäuste. Dieser Betrüger gab wirklich nie auf!

„Nein!“, herrschte ihn Ramses an. „Das sind deine Männer, Manabi. Was immer sie tun, du hast die Verantwortung!“ Er wandte sich an seine Soldaten. „Bringt ihn zu den Krokodilen!“

Einar sah, wie sich Manabis Gesichtsfarbe veränderte. Er wurde puterrot. „Ich bin unwürdig, Euch zu widersprechen, oh gottgleicher Pharao!“, antwortete er mit gebeugtem Haupt. „Aber diese vier Männer haben auch mich betrogen!“

Jetzt sprang einer der Grabräuber nach vorne. „Manabi redet falsch!“, platzte es aus ihm heraus. „Er hat uns zu der Tat angestiftet!“ Der Mann griff in seine Tasche. Mit zittrigen Fingern holte er einen Ring hervor. Einar erkannte ihn gleich. Es war der Ring mit Ramses’ Lieblingspferden. „Dieses Schmuckstück hat er uns als Vorauszahlung gegeben. Wir sollten es einschmelzen und uns daran bereichern! Aber ich habe es nicht übers Herz gebracht, dieses Kunstwerk zu zerstören!“

Der Anführer der Wachen lachte nur. „Oh, nein! Du lügst schneller, als ein Falke fliegen kann“, schnaubte er.

Das Gesicht des Pharao zeigte Unsicherheit. Offensichtlich grübelte er über Manabis Mitschuld nach. Einar blieb nur eine einzige Möglichkeit: Er musste bluffen. Er musste ihnen eine Finte auftischen, und zwar so eiskalt gelogen, dass sie gar nicht anders konnten, als ihm auf den Leim zu gehen.

„So müssen wir noch einmal Amun-Re befragen“, sagte Einar und legte so viel Feierlichkeit wie nur möglich in seine Stimme. „Wenn sich die Sonne wieder verdunkelt, ist Manabi schuldig!" Das Blut pulsierte in Einars Ohren. Hoffentlich, hoffentlich nahmen ihm diese abergläubischen Ägypter sein Possenspiel ab. Natürlich würde sich die Sonne nicht noch einmal verdunkeln – aber das wussten Manabi und der Pharao ja nicht! Oder?

Ramses blickte zum Himmel.

In diesem Augenblick rannte Manabi los. Mit dem Ellbogen schlug er zwei Soldaten nieder und eilte den steinigen Abhang hinauf. Einars Trick hatte funktioniert!

„Los, Odin, lauf!", brüllte Minea.

Der Foxterrier gehorchte sofort. Noch ehe die Bogenschützen ihre Pfeile abschießen konnten, raste er hinter dem Flüchtling her. Laut bellend sprang er an Manabi hoch und verbiss sich in seinem Rock. Der Hauptmann strauchelte. Dann fiel er der Länge nach in den Wüstensand.

Der Pharao schüttelte enttäuscht den Kopf. „Amun-Re hat uns die Wahrheit gezeigt", rief er. „Und dieser schlaue Hund hat ihm dabei geholfen!"

In Ramses' Palast

Natürlich entschuldigte sich Ramses nicht bei Einar und Minea – schließlich war er der fehlerlose Pharao. Aber er lud sie in seinen Palast ein.

Ein zweiter Streitwagen erschien im Tal der Könige. Kaum waren Einar und Minea aufgestiegen, als der Wagenlenker schon die Peitsche knallen ließ. Zwei pechschwarze Hengste preschten los. Ihr schweißnasses Fell glänzte in der Sonne.

Einar nahm Odin auf den Arm und streichelte ihm über den Kopf. „Das hast du gut gemacht, mein Süßer!", lobte er den Hund. „Ohne dich hätte Manabi seine gerechte Strafe nie bekommen. Mich wundert nur immer noch, wie Ramses aus deinem Brief schlau werden konnte, Minea!"

Minea grinste. „Ich habe es dir doch gesagt: Ramses ist klüger als wir gewöhnlichen Menschen. Ihm muss man nicht alles erklären. Er liest auch zwischen den Zeilen!"

Der Wagen jagte durch die Wüste. Einar genoss den kühlen Fahrtwind. Aus der Eintönigkeit des Sandes ragten immer wieder kleine Dörfer zwischen den Hügeln auf. Endlich erschien vor ihnen ein riesiger Palast.

Aufgeregt zupfte ihm Minea am Rockzipfel. „Das … ist der Tempel der Millionen Jahre!“, stammelte sie beeindruckt.

Einar fiel wieder ein, dass Minea ja eigentlich die Totenstadt nicht verlassen durfte. Diese Fahrt hier musste ihr erster Ausflug in die Umgebung sein. Und dabei musste sie keine Angst haben, entdeckt zu werden.

Je näher sie dem Palast kamen, desto verblüffter wurde Einar über seine Ausmaße. Zwei riesige Mauern stützten das Dach. Sie waren mit Kampfszenen bemalt. Einar erkannte Ramses in seinem Streitwagen. Die Feinde, Menschen mit fremdartigen Gesichtern, flohen vor den Pfeilen seines Bogens.

Der von Säulen umringte Eingang war streng bewacht. Zwanzig Soldaten standen unbewegt im Schatten eines Baldachins. Als Einar und Minea ausstiegen, trat einer von ihnen vor. Auf seiner ansonsten blanken Brust glänzte eine breite Kette. Er machte eine einladende Handbewegung und ging voraus. Einar und Minea folgten ihm. Odin trippelte hinterher.

Einar kam nicht mehr aus dem Staunen heraus: Jede der vielen Hallen, die sie durchschritten, war

prächtiger als alle Museen, die er je besucht hatte. An den Wänden hingen kostbare Stoffe, goldüberzogene Möbel standen dicht beieinander, Holzfiguren, die Soldaten darstellten, hielten echte Schwerter und Lanzen.

Der Wachmann führte sie durch einen Raum voller Figuren der obersten Gottheiten. An ihrem Ende zogen zwei Diener einen dicken Vorhang zur Seite. Sie waren im Thronsaal.

An der Rückseite des Saals überspannte ein goldenes Dach ein flaches Podest. In seiner Mitte standen zwei prächtige Sessel. Auf dem einen saß eine Frau in einem langen weißen Gewand. Neben ihr thronte Ramses. Zwei Jungen in Einars Alter wedelten ihnen mit Fächern aus Straußenfedern kühle Luft zu.

Ramses sah merklich entspannt aus. Seine Diener hatten ihm wohl den Staub der Wüste abgewaschen und ihn geschminkt. Als sich Minea und Einar vor ihm niederwarfen, lächelte er.

„Willkommen in meinem Palast!“, begrüßte er sie. „Und da ist ja auch dein Hund! Mutig ist er wie ein Löwe!“

Odin sah sich verwirrt um. Dann bellte er freundlich.

Die Große Königliche Gemahlin Maathornefenere lachte. „Und wie man einen Pharao begrüßt, weiß er offensichtlich auch!“

Ein Diener klatschte in die Hände. Von überallher eilten plötzlich geschmückte Frauen in den Saal. Zarte Musik erklang. In anmutigen Bewegungen tanzten sie um das Podest herum. Ramses schloss genießerisch die Augen.

Als das Lied verklungen war, sah er Minea und Einar wohlwollend an. „Ihr habt das Grab meines Vaters vor der Entweihung gerettet!“, rief er. „Dafür möchte ich euch belohnen. Gold, Juwelen, Elfenbein – nehmt, was euch gefällt!“

Einar stieß Minea mit dem Ellbogen sanft in die Seite. Seine Freundin schien zu verstehen. Mutig ging sie einige Schritte näher an den Thron heran.

„Wenn meine Freunde im Dorf wieder genug zu essen bekommen, hegen wir nur einen einzigen Wunsch: Ich möchte Tempelmalerin werden!“

Ramses lächelte gütig. „Ihr seid bescheiden. Das gefällt mir! Und dein Brief an mich beweist, dass du dich auf die Schrift der Gottesworte sehr gut verstehst!“

Der Diener schnipste mit dem Finger. Eine der Wachen brachte die Papyrusrolle mit Mineas Nachricht.

„Den mangelnden Respekt gegenüber dem göttlichen Pharao erkläre ich mir mit der großen Eile, in der ihr wart!“

Verdutzt sah Einar auf den Papyrus. Es war der Brief an Mineas Bruder!

„Aber …“, stammelte Minea. „Ich habe doch …“

Ramses wischte ihren Einwand mit einer Handbewegung fort. „Im Lande der Nubier, bei Abu Simbel, lasse ich gerade einen Tempel errichten. Seine gewaltigen Ausmaße sollen die Völker des Südens in Schrecken versetzen. Zu diesem Zweck werden

seine Wände mit Bildern der ruhmreichen Schlacht bei Kadesch ausgeschmückt. Meine besten Maler werden dich dort unterrichten. Würde das eurem Wunsch entsprechen?“

Begeistert klatschte Minea in die Hände. „Ja, doch, ja! ... Dafür müsste ich allerdings mein Dorf verlassen dürfen.“

Der Pharao lächelte. „Du hast bereits bewiesen, dass die Geheimnisse des Tals bei dir gut aufgehoben sind. Und jetzt tragt die Speisen herein! Der Pharao und seine Große Königliche Gemahlin haben Hunger!“

Als die Diener zahllose goldene Platten hereinbrachten, wandte sich Einar ab. Sein Magen weigerte sich, gefüllten Elefantenrüssel, Ozelotzungen oder Pantherleber zu probieren. Dafür mochte er die Tiere lebend viel zu gerne. Die Zeit war gekommen, zur magischen Insel zurückzukehren.

„Ich muss nach Hause“, sagte er knapp zu Minea.

Seine Freundin umarmte ihn. „Ich weiß zwar immer noch nicht, wo du eigentlich herkommst“, flüsterte sie. „Doch eins ist sicher: Ohne deine bombastisch fantastische Hilfe und die deiner Tiere, wären meine Freunde im Dorf sicher mit dem Tode bestraft worden. Und ich wäre niemals eine Tempelmalerin geworden!“

Sie griff in ihre Tasche. „Hier ist deine Kanope zurück. Ich habe sie aus Setis Grabkammer gerettet, bevor wir hinter den Schurken hergelaufen sind. Und meine Schreibpalette schenke ich dir auch. Damit du nicht mehr mit diesen altmodischen Stiften, oder wie die heißen, schreiben musst!"

Einar sah auf das Brett mit den Binsen und den Ausbuchtungen für die rote und schwarze Farbe. Sein Herz wurde ihm schwer. Rasch drehte er sich um und rannte aus dem Palast.

Ein Versehen

Über die Felder wanderte Einar zum Nil zurück. Am Ufer wartete eine Überraschung auf ihn. Unter einer Dattelpalme lehnte Useramun. Ein mysteriöses Lächeln umspielte seine Lippen. „Hat Ramses euren Brief bekommen?“, fragte er. „Ich frage mich schon den ganzen Tag, ob ich nicht versehentlich die beiden Briefe vertauscht habe.“

Einar ging ein Licht auf. Das erklärte alles! Aber dass der Priester die Nachrichten aus Versehen vertauscht hatte, daran wollte er nicht glauben. „Amun-Re hat dafür gesorgt, dass der Pharao den richtigen Brief bekommen hat“, antwortete er zweideutig.

„Du hast Minea einen großen Gefallen getan“, lobte ihn Useramun. „Neige dein Haupt, ich möchte dir danken!“

Zögerlich beugte sich Einar vornüber. Der Priester öffnete eine Schale. Mit einer duftenden Paste rieb er Einars Glatze ein. Seine Berührungen hinterließen ein sanftes Kribbeln auf Einars Haut. „Nun kehre zurück an den Ort, von dem du gekommen bist“, sagte er. „Ich selber muss in den Tempel. Eine Ratte läuft in seinen Mauern herum. Ich muss sie vertreiben!“

Erst als Einar die magische Insel betreten hatte, verstand er die Bedeutung des Satzes: Useramun wollte den gierigen Priester verjagen!

Auf dem Dach der Hütte hockten die beiden Raben und krächzten um die Wette.

„Das war ein bemerkenswerter Ausflug, Menschlein“, begrüßte ihn Hugin.

Munin nickte. „Der ägyptische Weizen ist wirklich der beste der Welt!“

Lachend betrat Einar die Hütte. In ihrem düsteren Inneren thronte Odin. Sein Auge war zur Tür gerichtet.

„Einar! Du bist zurück!“, knurrte er freundlich. „Sehr gut, sehr gut!“ Er fuhr sich durch den langen Bart. „Ich muss sagen, dein Mut und Ideenreichtum haben mich wieder einmal begeistert. Die Morgenzeremonie der Amun-Priester habe ich bereits in meine Chronik übertragen.“ Odin strich über das dicke Buch in seinem Schoß. „Aber ein paar Fragen bleiben mir noch. Könntest du …?“

Einar nickte. „Klar!“, antwortete er stolz. „Ich schreibe alles auf, was ich noch über die Zeit der Pharaonen herausfinde!“

Odin brummte zufrieden. „Sehr gut, sehr gut! Dann kleide dich nun an. Die magische Insel befindet sich schon kurz vor der Küste unseres guten alten Norwegens!“

Mit einem *Klick!* sprang der Spind neben der Tür auf. Als er sich zu ihm umdrehte, spürte Einar einen kalten Lufthauch im Rücken. Odin war verschwunden.

Schnell tauschte er den Wickelrock gegen seine Kleider. Als er in den Spiegel schaute, traute er seinen Augen kaum: Seine Haare wuchsen! Man konnte ihnen im wahrsten Sinne dabei zusehen! Nach wenigen Sekunden hatte er wieder seine alte Frisur. Useramuns Salbe!, schoss es ihm durch den Kopf.

Als Norwegen auf der großen Landkarte an der Wand aufleuchtete, holte Einar tief Luft. Er war zu Hause.

„Bis bald, Einar!“, krächzte Munin.

„Bis bald, ihr zwei!“, rief Einar. Aber da war er schon auf den Steinstufen der Steilküste. Als er vor dem Haus angekommen war, trat seine Mutter vor die Tür.

„Und?“, fragte sie. „Ist er gesund?“

Einar verzog das Gesicht. „Was?“, fragte er verdutzt. Ach, so! Seine Mutter meinte den Vogel, der eben, vor einer langen Zeit, an die Scheibe ihres Küchenfensters geflogen war. „Sehr lebendig“, sagte er grinsend. Er dachte an Munin. „Wirklich, sehr lebendig!“

Gut gelaunt setzte er sich an den Frühstückstisch. Sein Magen meldete, dass er sich seit zwei Tagen fast ausschließlich von Datteln ernährt hatte. Gierig füllte er eine Schüssel mit Grütze.

Sein Vater sah von der Sonntagszeitung auf. „Irgendwann frisst uns der Junge noch mal die Haare vom Kopf, Stine“, sagte er erstaunt. „Ich dachte, du wärst längst satt?“

„War ich auch!“, antwortete Einar kauend. „Vorhin!“

Nach drei Marmeladenbroten und vier Spiegeleiern zog er sich mit einer dampfenden Kanne Tee in sein Labor zurück. Schließlich musste er heute noch mit einer wichtigen Arbeit beginnen.

Dem Bericht an Odin.

Lieber Odin!

Das Abenteuer im Alten Ägypten war wirklich klasse! Ich habe eine Menge über die Lebensgewohnheiten der Menschen in der Regierungszeit von Ramses II. erfahren dürfen. Aber diese Kultur ist ja noch viel, viel älter!

Schon vor den Pharaonen gab es entlang des Nils starke Stämme. Doch seit der Urzeit bekämpften sie sich. Als sich ein paar Stämme zusammenschlossen, entstand in Oberägypten das erste Reich. Das war der südliche Teil des Landes. Unterägypten war der nördliche Teil mit dem Nildelta, wo der Fluss ins Mittelmeer fließt. Als die Oberägypter Unterägypten eroberten, entstand das Reich in den Grenzen, wie wir sie heute noch kennen. Es war in 42 Gaue unterteilt.

Ein Gaufürst regierte den jeweiligen Gau. Seine wichtigste Aufgabe war es, für die Ernährung seiner Untertanen zu sorgen. Er teilte die Bauern zum Bau von Kanälen ein. Das geerntete Getreide wurde zu ihm gebracht. Aus riesigen Kornspeichern verteilte er es dann wieder gleichmäßig an die Familien. Einen Teil behielt er auch für sich. Das war wie pures Gold, da in dieser Zeit noch nicht mit Geld, sondern mit Korn bezahlt wurde. So konnte er von seinem Anteil auch andere Arbeiten bezahlen, zum Beispiel die Errichtung von Palästen.

Pharao heißt *großes Haus*. So ließ sich der erste König nennen, der alle Gaue Unter- und Oberägyptens miteinander vereinigte. Er hieß Menes und lebte um 3000 v. Chr. Die Gaufürsten waren ihm unterstellt und überwachten ihre Region als Wesire. Weil jetzt Frieden im Land herrschte, konnte der Pharao große Reichtümer ansammeln. Er beschäftigte Künstler und Schreiber, Architekten und Mediziner – kulturelles Leben entwickelte sich. Menes folgten viele Pharaonen auf den Thron. Durch Kriege und Hungersnöte, aber auch durch raffgierige oder schwache Pharaonen, ging es dem Reich mal besser und mal schlechter.

Als einer der wichtigsten Pharaonen wird heute Ramses II. angesehen. 66 Jahre lang war er König, eine der längsten Regierungszeiten des Reiches. Es war eine der erfolgreichsten Perioden für Ägypten. Die Bilder in den Tempeln zeigen Ramses oft mit Pfeil und Bogen auf seinem Streitwagen. Allerdings war er nicht nur Krieger, sondern wohl vor allem ein sehr geschickter Politiker. Fast 50 Jahre hielt der Friede mit den Nachbarvölkern, den er aushandelte. Mit den kriegerischen Hethitern, die Ramses noch in der Schlacht bei Kadesch im heutigen Syrien zu besiegen versucht hatte, schloss er den ersten bekannten Friedensvertrag der Geschichte.

Fortan kümmerte sich Ramses verstärkt um die schönen Künste. Überall im Land wurden neue Tempel gebaut, die prächtig geschmückt waren. Viele Wandbilder, Reliefs und Statuen sind noch immer erhalten. Als Zeichen der Stärke des Pharao planten seine Architekten einen riesigen Tempel mitten in der Wüste. So sollten es die Nubier, das Volk im Süden des Landes, erst gar nicht wagen, den Pharao anzugreifen. Dieser Tempel steht in Abu Simbel – aber nicht mehr da, wo ihn Ramses erbauen ließ. Weil er 1964 vom steigenden Wasser eines Staudamms bedroht war, musste der gesamte Tempel mit vier riesigen Ramsesstatuen umziehen! Ingenieure zersägten das Gebäude und errichteten es an höherer Stelle neu.

Ihre Religion bestimmte das tägliche Leben der Ägypter. Jeder Gau, manchmal sogar jeder Ort, verehrte eine andere Gottheit, auch wenn sie nur wenige Kilometer voneinander entfernt lagen. Die Hauptgötter waren aber bei allen gleich. Amun, auch Re, Ra oder Ptah genannt, war der oberste und erste Gott. Er verkörperte die Sonne und hatte der Sage nach alle anderen Götter und die Menschen erschaffen. Die Ägypter stellten ihn als Mensch mit dem Kopf eines Falken dar.
Neben und unter ihm gab es noch ein Dutzend weiterer wichtiger Gottheiten. Sie alle waren für einen bestimmten Bereich des täglichen Lebens zuständig. Die meisten hatten eine Tiergestalt oder waren Menschen mit Tierköpfen. Bei wichtigen Entscheidungen wurde einer der Götter um Rat gefragt.

Mumien wirken heute gespenstisch auf uns. Aber nach ägyptischem Glauben lebten die Verstorbenen in der Unterwelt weiter. Deshalb mussten die Körper der Toten vor Verwesung geschützt werden. Man hatte wahrscheinlich beobachtet, dass in heißem Wüstensand begrabene Tote ihre äußere Gestalt behielten. Die Hitze dörrte die Leichname aus, tötete aber zersetzende Bakterien. Nach und nach begannen die Ägypter, diesen Vorgang künstlich zu beschleunigen. Statt die Toten in Sand zu legen, verwendeten die Mumifizierer Natron, ein besonderes Salz. Zusätzlich wurden die inneren Organe entnommen und der Körper mit festen Binden umwickelt. Je reicher und mächtiger der Tote war, desto aufwendiger war die Einbalsamierung. Gestorbene Pharaonen wurden in kostbare Särge gelegt, ein paar jahrhundertelang außerdem in große Bauten: die Pyramiden.

Die weltberühmten Pyramiden von Gizeh entstanden in der 4. Dynastie, lange vor Ramses II. Cheops, Chephren und Mykerinos ließen die größten Bauwerke der Welt errichten. Als Einziges der Sieben Weltwunder sind sie noch heute unzerstört. Die Cheopspyramide, die größte und älteste, ist 147 Meter hoch und bis auf die Grabkammern und wenige Gänge aus massivem Sandstein. Jahrhundertelang glaubte man, Sklaven allein hätten diese schwere Arbeit verrichten müssen. Heute sind sich die Experten ziemlich sicher, dass Bauern während der erntefreien Zeit beim Bau der Pyramiden und Tempel halfen. Weil der Pharao als Gott galt, war diese Arbeit wohl eine Art Gottesdienst für sie.

Nur sehr kurz regierte Pharao Tutanchamun. Vielleicht hätten wir über sein Leben nie etwas erfahren, wenn er nicht schon mit 18 oder 19 Jahren gestorben wäre. Mittlerweile wurden die Pharaonen aus Angst vor Grabräubern nämlich nicht mehr in auffälligen Bauten bestattet. Man schuf ihnen versteckte Gräber im kargen Tal der Könige, wo auch Minea lebte. Weil Tutanchamun so früh starb, war sein Grab zum Zeitpunkt seines Todes noch nicht fertig. Deswegen legte man ihn nur in eine recht kleine Grabkammer. Sie lag ganz versteckt und wurde von keinem Räuber gefunden.

Der Fund von Tutanchamuns Grab 1922 war eine Weltsensation. Zeitungsreporter waren live dabei, als Howard Carter die Steintür öffnen ließ. Riesige Mengen Gold kamen zum Vorschein, kostbare Möbel und Statuen. Am interessantesten für die Wissenschaftler war jedoch der versiegelte Sarkophag. In ihm lag noch immer die Mumie des jungen Pharao. Ägyptologen wickelten sie vorsichtig aus und notierten alles, was sie zwischen den Leinenbinden fanden. So lernten sie viel Neues über die große Zeit der Pharaonen.

Wichtig dafür war auch ein einzelner Stein, der 1799 bei der Stadt Rosette in Ägypten gefunden wurde. Er war Teil einer Gedenktafel, sein Text war in drei verschiedenen Sprachen eingemeißelt worden. Unter anderem auf Griechisch, das bis heute gesprochen wird. Anhand dieser Übersetzung gelang es dem Franzosen Jean François Champollion 1822, den Sinn der ägyptischen Hieroglyphen zu entschlüsseln. Nun konnten nach und nach alle Grabinschriften und die Lobeshymnen auf den Tempelmauern entziffert werden. Ein archäologischer Glücksfall! Da die ägyptischen Schreiber so gut wie alles auf Papyrusrollen notiert hatten, gibt es unglaublich viele Texte über das Leben in jener Zeit.

Vieles gäbe es noch zu berichten. Aber das meiste weißt Du ja auch schon durch mein Abenteuer. Diese großartige Kultur richtig kennenzulernen, war eine große Ehre für mich. Ich hoffe, Du bist auch diesmal mit Deinem Forschungsassistenten zufrieden und lädst mich wieder ein.

Dein Einar

Die ersten 20 Lebensjahre verbrachte THiLO mit Kinderbüchern in der elterlichen Buchhandlung. Anschließend schaute er sich in Afrika, Asien und Mittelamerika um, bevor er mit Freunden als Kabarett-Trio „Die Motzbrocken“ erfolgreich durch die Lande zog. Heute lebt THiLO mit seiner Frau und seinen vier Kindern in Mainz und schreibt Geschichten und Drehbücher für u.a. Siebenstein, Sesamstraße, Schloss Einstein und Bibi Blocksberg. Im Loewe Verlag sind bereits zahlreiche Bücher von ihm erschienen, u.a. die Reihe „1001 Abenteuer“ und der Kinderroman „Die furchtlose Elf“.
Mehr über THiLO und seine Geschichten erfahrt ihr im Internet unter www.thilos-gute-seite.de.

Almud Kunert erblickte an einem eiskalten Januarnachmittag bei Schneetreiben in Bayreuth das Licht der Welt und bestritt dort auch ihre schulische Laufbahn vom Kindergarten bis zum Abitur. Danach zog sie vom schönen Frankenland ins schöne Frankreich, um in Paris zu studieren. In München schloss sie ihr Studium der Bildenden Künste an der Akademie ab. Seither hatte sie als freischaffende Künstlerin diverse Ausstellungen und ein Stipendium der Sommerakademie Salzburg, außerdem arbeitet sie seit 1990 auch für Werbeagenturen und seit 1991 für verschiedene Verlage.